U0130495

丈夫蘇慶彬對父母的敬愛、對老師的尊敬、對親友的熱誠、對學生的愛護、對家庭兒女的盡責，更熱愛他的工作，至死方休。
攝影：蘇崇尹

《珍收百味集》畫展開幕日，崇尹和美璇兩人千里迢迢的分別從美國和德國趕來香港，與父親會面。

2016年9月7日早上，與一眾學生機場道別。丈夫圓心願的在不打擾別人底下，順利回到美國家中，兩日後，2016年9月9日毫無遺憾的在家中安詳辭世。

吩咐崇修買了一盆戶外種植的玫瑰花，好代表他送給你的心意，我也親自為你打造這個「衣冠塚」。

夕陽斜照，浮現着一片片繽紛色彩，彩霞滿天的日落餘暉，好美的環境啊！
在那熟悉的後花園燒烤園子裏，你可不愁寂寞了！

蔡瀾先生在廣州芳村信義會館，替美璐籌備了一個為期二十日的畫展。

彬，2012 年，十多位同學也曾在「金滿庭」設宴補祝慶賀你的八十大壽，那日你還很高興的給了他們每人一封大利是，想你一定記得。

2016 年 10 月 29 日，我回美國了，呂振基、杜珮鳳、陳榮開、黎明釗、譚仲琴、何德琦、袁美芳、吳火有、黃百連、陳榮波、阮少卿各位同學，特意佩戴着我送給他們的手織頸巾來機場送行；此情此景，令我深深感動！

寫字枱上仍依舊放着你去年練習寫的書法，感覺你只是出遠門，仍沒有回來。雖說昔人已乘黃鶴去，但書齋中每一個角落，你的每個蹤影，仍歷歷在目，時時刻刻的停留在我心坎裏。

《珍收百味集》榮獲 2017 年第一屆香港出版雙年獎中「圖文書類——十大出版獎」之一的獎狀。

2016 年 7 月，我在「繼圃齋」電腦機前，正忙着幫皇冠出版社傳來的稿件做最後校對工作，而你亦默默在我身邊練寫書法陪伴着，想不到二個月之後，你便離我而去了！

我曾不願意，也埋怨過你，怎麼把子女一個一個的都送去外國？但你對他們的愛，是愛得那麼冷靜，是設想得那麼深，處處替他們未來前途着想。

在愛丁堡晚饍後要收拾行李了，明天一大早便要各自準備回家，這一個暑假旅程也告結束。

窗前小語

——給丈夫的信

何淑珍 著

書　　名　窗前小語——給丈夫的信

作　　者　何淑珍

封面題字　蔡　瀾

封面及內文插畫　蘇美璐

封面作者照片　蘇崇尹拍攝

文字整理　梁少彤　龍俊榮

責任編輯　吳惠芬

美術編輯　楊曉林

出　　版　天地圖書有限公司
香港皇后大道東109-115號
智群商業中心15字樓（總寫字樓）
電話：2528 3671 傳真：2865 2609
香港灣仔莊士敦道30號地庫／1樓（門市部）
電話：2865 0708 傳真：2861 1541

印　　刷　亨泰印刷有限公司
香港柴灣利眾街德景工業大廈10字樓
電話：2896 3687 傳真：2558 1902

發　　行　香港聯合書刊物流有限公司
香港新界大埔汀麗路36號中華商務印刷大廈3字樓
電話：2150 2100 傳真：2407 3062

出版日期　2019年2月 初版・香港

ISBN：978-988-8547-36-4

目錄

序言

寫「窗前小語」給丈夫的信，我得回溯自二〇一一年移民美國的生活說起了。美國新澤西州，冬、春二季的天氣都是很寒冷或經常飄着大雪，慣居住於香港的我，在這種寒冷天氣、杳無人跡的新環境下，是很不習慣，環境的改變和心裏的寂寞也令人較易緬懷舊事，加深離鄉別井、思念香港的情懷，幸一直有丈夫陪伴着。

自二〇一五年冬天，在這種寒冷的天氣下，我開始學習書寫一些偶有所感的隨筆，斷斷續續的在這期間裏寫下了多篇，所書寫的隨筆，回應寒冷氣候下，初以「寒窗雜感」為標題。

其後，二〇一五年底在蔡瀾先生穿針引線下和皇冠出版社聯絡上，擬出一本由我撰文而由美璐作插圖的書畫冊，內容由我們自行擬定。

適逢其會，近數年，自己也曾思考過，想寫一些回憶錄的文章，害怕日後記憶力衰退，以前的事情就會漸漸淡忘，其實亦是自己一生的回顧紀錄，惜遲遲猶豫未能寫就，得蔡先生驟然相邀，不自量力的也一口應承，幸而完書日子不作期限，書寫方式也可慢慢細意思量，聖誕節過後，《珍收百味集》一書，開始着意撰寫了。

七十多年湮遠的陳年往事，舊事重提下，只覺累積之事太瑣碎而述事偏繁，得集中精神書寫，並期望此書在丈夫有生之年能得目睹，遂專心撰寫《珍收百味集》，之後的一段時間，「寒窗雜感」隨筆一度停頓。

母女兩人全力撰寫及繪圖下，半年的時間全書終告完成。有幸是《珍收百味集》一書，在二〇一六年八月底終出版了，期間，我們回香港三個星期，最後丈夫在「威爾斯親王醫院」終目睹剛出版的《珍收百味集》樣書了。

可是，我們回美國兩日後，九月九日下午三時，丈夫便安詳的在家中逝世，遽然而去了！丈夫走後，驟失所依，家中日常瑣事，恍若如影隨形，心中淒苦，無從傾訴，萬念俱灰，鬱結心情難以放下，冀望把思念丈夫情懷，舉筆寄情書寫於字裏行間，聊作自我抒懷，藉以寄意而已。

俟二〇一七年復活節期間，悄悄在窗前花園樹下，替丈夫設立「衣冠塚」後，遙遙相對，有它為伴，亦恍若與丈夫朝夕相見。當徹夜不成眠，窗前孤燈下，有感而發地更寫下書信多篇，藉着寫給丈夫的信，向他呢喃低語的傾訴着。

寫下的書信，改以「窗前小語——給丈夫的信」為標題，把心中每有所思、所感、所見、所聞、所慮的情意，陸續的寫信向他一一細訴！信筆寫下多篇給丈夫的信，實是自我抒懷寄意而已。許是「滿紙無聊語，盡是心中胸臆言」，卻教人不勝唏噓！

料想，丈夫對我的來信是永不會覺悶，也不會見煩，他會很高興，很有耐心的聽我向他細細傾訴，涓流不息的思念之情，憑書信以寄意，稍減哀傷、孤獨、寂寞，可說是我和丈夫心靈相通而能長久維繫的一種抒發情感方式。日積月累之下，日後亦將是我「歲月留痕」暮年中的生活見證！

「窗前小語——給丈夫的信」，如無意外，我將會源源不斷地繼續寫下去！

何淑珍　寫於二〇一七年五月五日

新澤西州

略論外子之處事與為人

——丈夫辭世後的第一篇

外子蘇慶彬，跟他相遇、相愛、結婚，可說是我們兩人的一種緣份。記得，我們是在一九五五年秋天，我在新亞夜校讀書時跟他認識。而在一九六三年結婚，到現在二〇一七年，算起來認識的日子已超過六十年，一個甲子的歲月，也不算短了。

結婚後，一起生活也有五十三年，相信我對他的認識和了解，他的處事態度及為人……我是最清楚的，一貫以來他處事態度嚴謹而作風低調，做事重信諾而堅持，待人坦誠且樂於助人，是一個孝順父母的好兒子，是一個尊敬師長的好學生，是一個愛護學生的好老師；他對親友熱忱、愛他的母校、愛他身邊的每一個人，更熱愛他的工作，至死方休。

他對年老父母悉心照顧，父母因病離世後，常自愧未能盡子之道而自責，其實父母年事已高，生、老、病、死是人生必經階段，為人子者又能怎樣？盡孝而已。

兄弟四人，他排行第三，對兄嫂尊重，對姪兒們更視如兒女般嚴加教導，可惜不為兄嫂接納，反遭部份姪兒厭惡，這事常令他耿耿於懷而感嘆！

他常言他的一生從讀書到做事直至退休，可說從未踏出校門，很單純的都在自己校園裏生活着，所以他對母校——新亞書院懷有極深厚感情，可說新亞書院就是他心中的第二個家，因而他對所有老師都很尊重與敬佩，也很感謝老師們的教導和栽培！老師說過的話，他會銘記於心，不敢遺忘。

對朋友他從來都是誠意以待，絕不意存虛假之心，朋友有事，能幫忙的總熱心幫助，朋友有困難，他都希望能替他們解決，自己有好的得着，也希望大家能一齊共享，至於是否熱心過度，令人產生懷疑，就難說了。

他的性格是很執着的，只要他認定是對的事，或許諾了別人的事，他都會遵守承諾而不變，而對一些他認為顛倒是非，或不盡不實的事，他都會嚴厲批評，而絕不掩飾，這或許是他修讀歷史學人的作風，事事明辨是非的「職業病」吧，不過我覺得，這有點欠缺容人風度，修養上總有點不足吧，同時也往往因此而易開罪於人。不過他性格如此，是不能改變的了，八十多歲的老人，性格更為固執，要他改變，可難了！

家庭中他是一個盡責忠誠的好丈夫，也是一個非常愛護孩子的好父親，孩子們的家居瑣事有妻子照顧，他不需要理會，但對他們學業方面他卻是很注重，盡能力的培養他們，希望他們能多讀點書。家中書室命名「繼圃齋」，就是秉承他祖父蘇芳圃要子孫多注重讀書的意思，幸好兒女們也不負所望，總算略有所成。

二〇一四年中，是噩夢的開始，丈夫身罹胃癌惡疾，已呈現擴散，且近末期，據專科醫生診斷，生命或只餘半年時間，幸他卻能從容處之，一方面專心接受醫生的治療，另一方面則全心全意集中編撰他尚未完竣的《清史稿全史人名索引》，有幸天假以年，給他多活兩年，讓他事事安排妥當處理，也幸運的給他目睹《清史稿全史人名索引》終編撰成書，圓其心願！

二〇一六年八月，由我撰文、大女兒美璐插圖的《珍收百味集》新書出版，我相信他是最高興的，也許是他臨終前最開心的一件事，此書除了妻子和女兒難得的通力合作外，更可以說是他後半生的生活寫照。因而我在書寫期間，女兒每日從 iPad 傳來書中的插圖畫稿，他總要先睹為快，習以為常下，便成為他這大半年，生活習慣的一部份了。

二〇一六年八月回港，他的病情已趨惡化，他自知應是最後一次了，千辛萬苦的仍堅持着要回香港，主要是跟在港的親友及同學見面，作最後的道別！其次目的想親身參與妻子和女兒在香港，蔡瀾先生替我們籌劃舉辦的書畫展覽，作為給予妻子和女兒精神上的最後一次支持！亦冀望在畫展開幕儀式中，能多見各親友一面。

畫展開幕禮後，他可能自覺體力已支撐不住，曾一度要求提早回美國，卻因崇尹及美璇兩人千里迢迢的，在畫展日剛由美國及德國趕來香港與他會面，最後，終取消提早回美國的念頭，仍依照原定日子回美國，九月七日早上，與一眾學生機場道別。圓其心願的在不打擾別人底下，順利回到美國家中，兩日後，二〇一六年九月九日毫無遺憾的在家中安詳辭世！

我真的很佩服丈夫，對生活充滿熱忱，對生命卻能處之泰然，在病中垂危時的意志力，竟是如此強烈，冷靜處理得更非常人能做到，由此更可證明他做事的堅持，是何等驚人！更令人深感佩服！

丈夫的一生，可從他在撰寫《七十雜憶——從香港淪陷到新亞書院的歲月》一書中，所寫的點點滴滴，毫不掩飾的把他心中所思、所想、所見、所聞、所感表露無遺。更從中可窺見他在字裏行間對父母的敬愛、對老師的尊敬、對親友的熱誠、對學生的愛護、對家庭兒女的盡責……能做到如此，上不愧於天，下不怍於地，此生可以說問心無愧，而走亦誠無憾矣！

二〇一七年春
新澤西州

悼念文四則
——給摯愛的丈夫

一、死生契闊

九月九日，那天，你一直都是疲倦的，在家裏的床上沉睡着，也不言語，亦再沒有嘔吐，許是油盡燈枯了，只在臨終前，無語的強自打開眼睛，深深的注視着床邊心愛妻子一會，就再無力的把眼睛閉上——遽然而去了！

我輕撫着你那漸變冷凍的臉，手握着你冷冰冰的手，無言的，心疼着，責備你的不守信諾，你不是已許諾讓我先行，因何卻先我而去！留下我再歷經一次喪失至親之痛，我多懼怕！你也多殘忍！而你卻走得那麼瀟灑！那麼無憾！

記着！我們還有那「死生契闊，與子成説；執子之手，與子偕老」來生之約，你得在春暉園墓地旁，靜靜的等我，可不許再悔約了！

二、秋夜懷念

九月十六日，你已寧靜的安息於春暉園墓穴中，那是你親自替自己揀選，作一生最終落幕的地方，也是你期望能安逸地在此長眠的最後歸宿地。

深夜，窗外正下着毛毛細雨，寂寂的晚上，只聞鴉聲悲鳴，令人更添愁緒。

室內，孤燈斜照，斷腸人夜不成眠，床上枕被依舊如常擺放着，仍是你走前一般樣子。輕撫斜枕，恍若與你細訴，手握被側，猶若與你相牽。若說：日有所思，夜應有夢，因何夢裏總不見！許是我思念之不足，或是你已把我忘記！

唉！雨聲滴滴，何時到天明？

三、午夜夢迴

九月廿四日，中秋過後，更深人靜，午夜在夢中覺寒冷而驚醒，慣性的摸近丈夫被邊，突驚覺被的一角上，竟濕了好一大片；許是你回來看望我，憐我淒清而下淚吧！我不信，我有那麼多淚水！許是你用寒冷身軀依偎着我，所以我覺得冷！既是憐我、惘我、掛我，為何不入我夢，讓我在夢中能見到你！

四、與你同在

你走後，我撿拾你留下凌亂而類別繁多的遺稿，也一一為你細意安排，尋找合適之人替你再續——那未完成的文稿。

你寫的「雪泥鴻爪」，有着我們過去的懷念，有着我們過去的回憶；我細心的重新為你整理着，一個字，一個字的重新抄入我的稿件檔案裏，回味着以往與你同在一起的日子，這段時間，我靠它陪伴着！也靠它支撐着！我不願意他人替我代勞，也不想別人跟我分享，書完之日，成書固好，不成的話，也可留下作一紀念，我願意與你一起同在！

你的妻子　淑珍

寫於美國新澤西州二〇一六年九月

第1封信：春暉園生日祭祀

彬：

二〇一七年農曆二月廿一日是你八十五歲的生日，也是你走後第一次自己過的生日，你一定非常不習慣吧！人生無常，歲月不饒人，記得去年你生日那天，崇尹還帶着小兒子定衡在復活節假期從西岸到來，美璇也從德國來，他們的到來，當然是想跟我們相聚，最主要目的是想跟你一起過你的生日，大家一齊替你慶祝。那時你的胃口雖已不太好，但仍是非常興奮，在崇修家也是熱熱鬧鬧，我知：你是屬於傳統大家庭式的人，你喜歡那種親人團聚一起的感覺，尤其在節日裏。六十年的相處，你的心意我是非常明瞭的，怎料一年後，你的生日，卻要獨自一個在「春暉園」孤單的度過了，一向怕孤單、也怕寂寞的你，思家的情緒，一定不好受，也很掛念着我們吧！我想，在你生日那天，你一定很期待地早早在墓前等待着我們！

那天剛好是星期六，崇修放假，可以駕車送我們到春暉園見你了，我一早煎好了你最愛吃的乾煎大蝦，和煎香早醃好的二大片馬鮫魚、甜品及奶茶，還帶備了一大堆早摺好的金銀衣紙……你是否收到？是否有用？雖然你在生時是不相信這燒衣紙的事，認為是「迷信」，所以家中時節拜祭祖先時亦只是具備祭品及香燭供奉，藉以聊表心意，是沒有燒金銀衣紙這類事的。雖是如此，但我仍然齊備了帶到你墳前燒給你，萬一真像傳說中確有其事的話，或真的有用？那你在人生路不熟的地方，也多點金錢使用，不像在一九七九年休假去英國的那年，手上沒一點多餘的錢，買甚麼都要仔細盤算過才敢用，那樣的日子多難過。如果這樣做真的有用，我也可安心一些，太多了你亦可送給遠方的父母及先人使用，讓他們都富有起來。

早二天，新澤西州剛下了今年最大的一場風雪，那天早上仍不斷的落着毛毛細細的飄雪，我們一家未到中午便到春暉園墓地了，那處是你自已親自揀選作為日後長眠安息的地方。大雪過後，只見遍地周圍都是白茫茫厚厚平滑的積雪，因不是清明節掃墓的時候，加上天氣寒冷，是很少人會在此時來拜祭先人的。此刻墓地周圍更覺一片淒涼、蕭瑟、寂寞，更因冬、春二季的不時下着大雪，你走後雖已有半年時間了，但墓碑仍是沒有奠立，墓前還是豎立着臨時刻着你名字的木板塊。待天氣好轉，稍後「五福」自會依約來替你做好，崇修早交了錢給「五福」，一切都是依你最後的囑咐來處理，是沒有問題的，你放心好了。

皚皚遍地的積雪，放置祭品甚為不易，幸而我們早帶備了李旭昂送的矮桌子，作為祭枱，這樣便可以把所有帶來的祭品都放上了。定仁和圓元很乖乖的向你附近四周的公公、婆婆、叔叔、嬸嬸墓前上香，跟祂們打招呼、問好。你看見嗎？在你的後面，亦新安葬了一位你的同鄉，你有同鄉跟你說家鄉話了。

除了給你帶來你喜愛的祭品外，璇璇還托蔚青，她倆剛從柏林旅遊時購買了可焚點七日的瓶裝大蠟燭，供奉在你墓前，希望大風雪不要把燭光吹熄，也在這寒冷的天氣，帶給你一絲絲溫暖。我會想像到；在那冰冷的雪地下，你雖蓋着女兒送給你的二張藍色和綠色棉被，還是會很凍的，不要怕，寒冷的冬天和春天很快會過去了，跟着溫暖的夏天快來臨，一切又充滿生機了。

我想，你是很想我經常往探望你的，那樣你便可減少寂寞，我也很掛念着你啊！誰叫我不懂得開車，如果我自已會開車的話，那我自己隨時都可以來探望你了。真希望你的墓地能安放在我窗前樹下，那我就可隨時隨地的見到你了。現在只能在焚燒紙錢時把我思念你的心情寫成信，一封、一封的信，焚燒傳送給你看，藉此也給你知道，當你走後，我的日常生活是怎樣的過。你一

記得去年你生日那天，崇尹還帶着小兒子定衡在復活節假期從西岸到來，
美璇也從德國來，主要目的是想跟你一起過你的生日，大家一齊替你慶祝。

定不會厭煩，也會細心看我寫給你的每一封信，我記得一九七八年你休假在英國時，曾說過我寄給你的信，每一封你也會看多次的，是嗎？之後，我一定會陸續不斷不斷的寫信給你。這樣也可稍解你的寂寞、記掛、思念了！

彬，記着，我不能像以前的在你身邊照顧你了，你要好好的照顧自己，多多保重，不要隨便亂發脾氣了，要與鄰居和睦相處，大家互相照應，這樣日子便易過得多了。很期望夢中經常能與我相見！

下次再聊。祝生日快樂！這一封信焚燒後，作為我送給你的生日禮物。

淑珍

寫於二〇一七年農曆二月廿二日晚（你生日的翌日）

2017 年農曆 2 月 21 日，是你 85 歲的生忌，一大清早，預備了豐富祭品和紙錢與兒孫們前往拜祭，在焚燒紙錢時，也把我思念你的心情寫成信，一封一封的在焚燒時傳送給你看。

第2封信：你走的那天

彬：

二〇一六年九月九日，下午三點正，你竟然真的走了，那天對我來說，是一個令我刻骨銘心、傷心難過的日子。同一情況，又令我回憶起，那天你又像我母親離世時一樣，突然把我遺棄，一個無依的「孤兒」多無助！我真的很害怕。而今你更可怕的把我孤獨一人，寂寞的遺留在那寒冷異地，不顧而去了，令我更覺傷感及徬徨！但願這只是一場噩夢！

記得，我們從香港回到美國的前二天，你雖是很辛苦，我們看到都替你難過，但你卻不願再入香港的醫院治療，你感覺到這次入院後就不會再出來，兒女雖都在身旁，而你卻堅持要回美國，幸運的給你安抵家中。翌日，看完醫生，醫生並沒有要你住院留醫，也再沒有給你化療，只是開了些藥，要你回家好好休息。食了藥後，你真的減少咳嗽，亦再無嘔吐，那天你寧寧靜靜的睡了大半日，我還以為你休息過後，漸會好轉，怎料事與願違，唉！正如你說，你真的到油盡燈枯的時候了，身體已無力支撐了，又或許你已再無任何要求，放下心事，安心的睡了，你只在生命僅存的最後一刻，終於用力打開眼睛，深深注視了坐在床邊、哭成淚人的妻子一會，也沒有一句說話與我交代，那就走了，再也不回來了！你，竟然如此狠心的就把我留下！

彬：你是知道我是多麼的不習慣在外國生活，雖然以前女兒及媳婦生孩子時，我經常一人前往德國、英國、美國等地居住，照顧着她們，但我自己知道，我一向都不投入外國生活的，我雖不是廢人，但卻無異像廢人一般活着，又盲、又聾、又啞，不懂得開車，出外也極不方便，我不願意像廢人似的生活着，為了順應你晚年想跟兒子一起，我才離開了居住生活了數十年的地方——香港。

香港是我懂人性以來，便生活的地方，我視它如第一家鄉，雖然後期我們因適應經濟環境而遷居澳門，香港與澳門二地生活也相差不遠，在澳門也居住了近二十年的時間，我也習慣了。後期卻因我不斷的有病，怕以後終會有一日留下你一個人在澳門孤獨的過日子，我真的不忍心，而你也答應我會一同在美國廝守終老，我才會跟你移民美國，跟兒子居住，現在你竟然不守信諾的把我留下，你多殘忍！你叫我以後的日子怎麼過？你叫我怎能不怨你！罵你！

之後，日子我還是一樣寂寞的度過，心境總覺得孤清清、冷冰冰，甚麼也提不起興趣，外界的事全不投入，感覺所有事都像與我無關！你說怎辦？你教我如何是好？我應怎樣做才對？你可有為我想過？老公，不要怪我，我罵得你那麼兇，真不該，請你原諒！我只是心中不舒服，吐吐苦水，把我屈於心中的鬱結，向你傾訴一下而已。我知道，你在這次罹患惡疾中，是不願意離開我的，所以你非常合作的依時去看醫生，及接受醫療中的一切安排。其實哪有人會喜歡去醫院？會喜歡看醫生？會喜歡接受化療？你只是想保持病情平穩，能陪伴我多些日子而已！那段時間，在有效醫療及崇修悉心照顧下，你也幸能對疾病處之泰然的多陪了我二年，謝謝你了！

直至二〇一六年年中，藥物治療已控制不住癌疾了，胃癌細胞已擴散於胸腹，而形成腹胸大量積水，而且吞食困難，吞食之後，往往也是吐之而後快！胃癌、腎衰竭、鉀高、糖尿，更怕鉀高會影響心臟，諸種病況，環環相扣下，這段日子，時間雖是短暫，我想，你也是很辛苦的，我在旁看到，也替你難過、為你心疼着！你已是盡力了，你已是無力支撐了，雖不守信諾離開我，我是不會怪你的！從你走後眼角仍停留着的淚水，注視着我的眼神，我知道你是想對我說：「珍，我支撐不住了，我要走了，原諒我。」其實你的心是不願意離開我的，也是很難過的，是嗎？那你得在春暉園墓園中，好好的等待我來了！

有段時間我靜中會想，你九月九日下午走的時候，若是身在醫院，醫務人員會在你危急時，即進行急救，是否可避過此劫難而能繼續生存下去？又是否醫生早已心中有數，也認為你已經無可醫治，故主張你在家養病，有家人陪伴照料下，你會覺得更為舒心的度過餘下的日子？後來崇修才對我說：「爸爸在最後一次去醫院看病時，已明確向醫生表示，說他病危時不要替他急救，所以醫生才下了讓他回家休息，不停留在醫院診治的決定。」

彬：你真聰明！你知道縱使給你急救後，或能苟活一時，之後，在不能進食的日子當中，你會活得很痛苦，你看過孫國棟先生的晚期病中狀況，你覺得很難過，也為他傷心過，你曾說過，像他那種狀況，你很懼怕，你不願意像他那樣，你怕晚期病患的折磨，你會支持不住，更怕自己在不能自主時，沒有尊嚴，很痛苦的過着那些難受的日子，這樣只會令家人心疼而於事無補。

最後，你自己選擇了病中有尊嚴，無痛苦的走了！這可是你自己選擇的路啊！老公，你這種說留便留，說走便走的本領，多棒啊！我也真佩服你，你得教教我怎樣做了！我現在甚麼也不冀求了，只求日後可像你一樣有尊嚴，在自己仍會照顧自己底下，切不要讓兒子受累，不要讓我歷經病痛的種種折磨，能瀟瀟灑灑，很有尊嚴的來與你相會，那就最好。但願如此！你得幫幫我、保祐保祐我了。

你知道嗎？我有時真的很羨慕你，你真是一個有「福氣」的人，雖然你說自己幼時在動盪政局生活下，幾成餓殍，但一直卻在有父母、兄弟的幸福家庭環境中長大，有母親在身旁照料，而婚後家中事務更有妻子全職處理，悉心照顧着你的一切，使你毫無後顧之憂的專心讀書及工作，幸運的更得到名師們諸般教導、愛護，使你能找尋到一份自己愜意、終身喜愛的事業而賴以維生，這是多麼難得的事啊！還有雖然你已退休，離開講壇多年，但學生們對你仍是如此關懷，無微不至的對你那麼好，不離不棄的幫助你，關心你，愛護你，你真是修來的福份，多麼難得的一件事啊！

你人生中認為的數大樂事；父母扶持、家庭美滿、師尊厚愛、事業有成、兒女孝順、學生愛戴、孫兒睿智……你都一一得到了，難怪你自言此生無憾了！你真「有福」啊！我真羨慕你！難怪老同學唐端正先生，在你的「追思會」致悼詞時向你說：「誰若能像你有如此豐盛美好的人生，相信任何人亦都會感到十分滿意了！」想來，他是由衷的羨慕你唷！

好了，下次再聊吧！我以後會繼續不斷的寫信送給你的，告訴你我的一切，一切……你安心的等着我吧！祝好！

淑珍

寫於二〇一七年四月一日（回憶中）

新澤西州

第3封信：喪禮

彬：

二〇一六年九月十六日是你在美國紐約市「五福殯儀館」舉行喪禮，及前往春暉園安葬的大日子。那二處地方，你都親自到過兩遍了，從選擇安葬地方，至身故後的棺槨、墓碑、衣着、隨身物品……都是你自己親自揀選，所有的事，都是依照你的囑咐一一妥善的做了。

還有，我告訴你，你的葬殮費用，全部都是兒子他們支出的，「生養、死葬」，是兒子對父親的一番心意回饋，我想你會樂意接受而覺得愜意的。你是一個思想上傳統保守的人，以往你對父母是這樣，而今兒子也學你這樣了，我想，你的心願也是這樣吧，當安息而老懷安慰了！

記得，我們回美國的前一天，你身體已覺得支持不住，病況突然再嚴重起來，可能鉀太高了，致心臟負荷不了，你感到呼吸喘氣也覺困難，而且還發着高燒，我認為你應該再入醫院了，但你這次卻堅持的不肯接受，你怕這次入院，再不會出院了。我也安慰你、勸解你，向你說萬一真的在香港病故，亦有妻子、兒女、媳婦、孫兒圍繞在身旁，況且親朋、好友、學生都多居住香港，喪禮一定較美國隆重，但你仍堅持着不肯去，你說，你不想火化，你要回美國土葬，我們看得心也疼了，也替你難過。在這生死邊緣，神奇的在你堅持底下病況居然轉安定下來，也沒有再發高燒。

之後兩天，給你順利的回到美國，正當各人都替你鬆一口氣時，也以為你回家休養過後，身體自會慢慢的好轉，誰料不到兩日，你就不再支撐下去了，也再沒有與我交代一句，那就走了！走前雖沒有與我說甚麼，但從你走後眼角邊仍淌着的淚水，我知，你那一刻，是很掛着我的！是不捨得離開我的！

彬：你堅持的要回到美國土葬，可不像你一向隨遇而安客家人的本色，雖然你自認是一個豁達之人，我想，你也不願意自己客死異鄉（香港是你的第二家鄉），香港正好是你的安息地。也不是害怕甚麼火化，火化又有甚麼可怕？人一走，只是留下一個肉身軀殼，甚麼也沒有了，還有甚麼放不下？為甚麼垂死掙扎着的仍要回到美國，那麼辛苦？你的心意我是明瞭的，主要的是你放不下身邊一個令你掛心，一個你不能陪伴她終老——最愛的妻子！你最擔心，也不放心，恐怕你一旦走後，我在異地住不慣，真的會回港獨居！也因如此，你堅持着要回美國，以那裏作為你最後歸宿地，也好讓我安心的跟隨着你和兒子在美國生活，我也早早的給你安排同放在——春暉園的墓地裏了。放心吧！到那個時候，我一定會到那裏陪你的！

這點從二〇一五年，遺書中你囑咐把所有餘下財產全部留給我的時候開始便應該知道，當時，我建議你把我們一半的款項，在你有生之年，用你的名義，成立一個「中文大學新亞書院歷史學系獎學金」，這是極有意義的事，我想，當日若沒有新亞書院，新亞夜校亦不會存在，更不會有你我兩人的相遇邂逅。此舉除了替你回饋感謝母校之餘，其實暗中我已向你表示在美國長伴你了，你想想，錢沒有了，餘下那麼少的金錢，根本在香港買不到房子居住，教我如何回港獨居？而且我要求的是兩人一同回港，若我一人回去，每日只是遊遊蕩蕩的，還是一樣寂寞、一樣孤獨、一樣住不慣，那又有何用？又有甚麼意思？只是笨笨的你，總沒有領會我的心意，替我着急擔心而已。由此可證，你只是一個純樸、厚實，但心思卻不如我般細膩的人。

話說回來，你葬殮那天，來「五福殯儀館」參與喪禮的親友當然沒有在香港多，但一切儀式，也依俗例的做了，你曾對我表示過，靈堂上親友送來的花圈，擺放一陣便丟棄真可惜，也很浪費，

無論你在任何一個地方，任何一個角落，雖是陰陽相隔，或是天上人間，你都不會感到寂寞、孤獨、淒涼的！我的心，永遠與你同在！

眾子女、兒媳、女婿和內外兒孫等，一同出席春暉園的喪禮。

認為並不需要。所以，你走後我代你出主意，提議懇辭花圈，若有帛金奠儀賜予，替你多設一個五十萬元的「新亞書院歷史系入學獎學金」，不足的數目，我會補上，我想你一定會同意。設立這一個獎金學，應早已是你的意願吧！這樣較擺放花圈，有意義得多了！親友、同學們也真有心，帛儀厚送，集腋成裘下，籌集資金竟超過半數。

崇尹、美璇二人由香港才剛回家，也隨即匆忙的轉來美國，女婿「來路蝦」他雖然是一個德國人，難得的對你竟然如此有感情，誠意由德國跟美璇親自趕來參加你的喪禮，可說非常有心！那天參與你喪禮的人數雖不算多，能來的都來了，除至親的家人外，亦有附近居住的親友，他們都請假，特意前來「五福」向你上香致奠，及親送你至春暉園的最後一程。美璐剛回蘇格蘭，真的太累了，趕不及到來，那天她在家中亦安放着你的遺照，一家人都向你遙遙的拜祭！

你在《七十雜憶——從香港淪陷到新亞書院的歲月》一書中，寫你在一九七九年休假在英國的新年元旦，身處茫茫雪地中，只有你一人孤獨的在偌大的花園中行走，天氣寒冷，在一片寂靜中，只感覺心中無限寂寞、孤獨、淒涼，尤其在節日裏，想起以往歷年在家，每逢節日，家中種種溫馨情況，更添思念家人情懷，只能在雪地上寫上妻兒名字，聊作與家人同在，以稍解思家之念！

想來，你真的不慣孤獨、也怕寂寞，家庭觀念也很重！所以我和你一向喜歡一家人團聚在一起的那種感覺。以前父母在生的時候，你不管兄弟們樂不樂意，也着意的令到家中熱熱鬧鬧，務求令雙親年老時一家人仍得溫馨團聚一起，你的心意我是最明白的。

我們時刻都會懷念着你、記掛着你的！記着：「無論你在任何一個地方，任何一個角落，雖是陰陽相隔，或是天上人間，你都不會感到寂寞、孤獨、淒涼的！我的心，永遠與你同在！」

老公：好好安息吧！永遠懷念着你的妻子

淑珍

丁酉年二〇一七年四月八日

第4封信：衣冠塚

彬：

我很掛念着你！這種苦澀心情，只能引用宋晏殊詩人的《玉樓春》詞句：「無情不似多情苦，一寸還成千萬縷，天涯地角有窮時，只有相思無盡處！」多苦啊！

春暉園雖同處美國一個州，說遠不遠，但我若要來見你，沒有兒子駕車往返總不成啊，我自己又不會開車，根本不能步行前來見你，修仔他們工作太忙，總不能每有假日，便要他開車送我往返，他們雖不嫌煩，我亦感到長此下去，也不是辦法。

我想，你一定也會記掛着我吧！因何夢中總不見你來？許是人生路不熟的異地，你不認得路回家？我記得，以前兒子載你出外，稍遠，你經常地會說，若把你在那處放下，你是認不到路回家的，現在是否也是這樣？

想起，你獨自一個孤單的每天在盼望着我的時候，日子是多麼的難過。我記得，你在英國休假時寫給我的來信曾説，每天早餐時看見有送信的郵差在門前經過，你都期盼着收到我的來信，若不見郵差入門，便會心情非常失落和牽掛；你説遊子在外思家心情，這種孤獨、寂寞的日子是非常難受！今日，我倆懷念的心情也是這樣吧。

彬，我曾希望你能安息在我房中窗前的花園樹下，這樣我倆就可時刻見面了。

現在我告訴你：我真的這樣做了！

在不影響別人的情況下，我真的為你在那處設立了一座「衣冠塚」。我思量了很久、很久，也分析過這樣做是否有用、是否適當，也不管別人怎樣想。既然很多歷史上的人物在各處都有被後人設立「衣冠塚」這回事，雖是「衣冠塚」，但卻極具追思意義，且各處亦都有人去拜祭它、去悼念它，我這樣做，亦是效法他們而已。實際作用，只是代表我倆心靈上的一種互相慰藉，感情上的一種抒發！

剛巧，這幾天是復活節假期，崇修一家去英國旅遊一個星期，我沒跟他們一道去，心中只默默的盤算着如何完成這件事情，在他們出門旅行那天，我吩咐崇修買了一盆戶外種植的玫瑰花，

親選漂亮小木箱，裏面放着你在冬天經常戴着的帽子、手套、及我親手編織的頸巾，也有數張你最喜歡的照片及一封我寫的信。簡單的在木箱蓋面貼上你的名字，這就是你的棺槨了 。

好代表他送給你的心意，我想親自為你打造這個「衣冠塚」，崇修是不知道的，若他知道，他一定不會同意我自己一個人這樣辛苦的，所以，我也沒有預先告訴他。

我揀選了一個漂亮的小木箱子，裏面放着你在冬天經常戴着的帽子、手套、及我親手編織給你的頸巾，也有數張你最喜歡的照片及一封我寫的信。簡單的在木箱蓋面貼上你的名字，這就是你的棺槨了，我想，形式上實用得多，也較有意義，這樣總較一個木製靈牌像樣些吧！

彬，在花園裏，我代你選擇了一處你很熟悉的地方，就是我們窗前的後花園那二株大樹中間的那一幅土壤，作為你的臨時「衣冠塚」之地。這樣我倆便可朝夕在園中遙遙相對了，在那樹影婆娑、清風徐來、搖曳生姿的園林下，晨曦時，迎來晨光第一線的曙光，何等溫暖；傍晚時分，更可看到夕陽斜照，浮現着一片片繽紛色彩，彩霞滿天的日落餘暉景色，好美的環境啊！在那熟悉的後花園燒烤園子裏，你可不愁寂寞了！

我選擇了四月十四日，適合祭祀、修墳、塗泥的吉日，把已預備好的棺槨面朝西方的放在泥土中，這個小小的「墓穴」，是我花了三日時間，早上分段慢慢挖掘完成，我不想兒子代勞，我只想把我對你的思念，我的淚水一滴一滴的混和着泥土，一寸一寸的把地上泥土挖掘起來，也希望你魂兮有知，能感受到我的心意前來與我相會！不要擔心，你不會迷路，我已焚香禮拜，誠意祈請「土地公公」從春暉園帶領你到這裏來，所以，你一定暢通無阻的。

你的「衣冠墓塚」我不會在「墓」旁「立碑」紀念，我怕，會做成鄰居的不滿，也教人害怕，我只是形式上在你四周種植了修仔買回家的花，是一盆很香的白玫瑰，你一向愛玫瑰花，我想你一定會喜歡，那是我倆設定的維繫記號，你一定會同意，讚我做得很「棒」吧。

此後，在這小小的「衣冠塚」陪伴下，我恍若親到「春暉園」見你了，當然，我還是希望真的到「春暉園」見你的，那裏才是我倆約定未來「真正的家」。到我與你重敘之日，這「衣冠塚」，我想，也不需要了。

下次再聊吧！

想你的妻子　淑珍

寫於二〇一七年四月十五日

新澤西州（立「衣冠塚」翌日）

第5封信：追思會有感

彬：

復活節假期，修仔一家去英國倫敦、牛津八天的旅遊已結束了，昨夜他已帶着仁仔和圓元回家，媳婦小波由倫敦機場直接飛往三藩市，準備羅氏藥廠開會的事宜。

他們這次旅遊行程緊密，最後一程是去牛津，圓元希望去牛津大學參觀她父母在英國讀書的學校，小小年紀懂事也真多。崇修說到牛津特意是去探望杜德橋太太杜伯母，他說杜伯母心情頗為低落，杜伯伯三月前也因罹患腦癌走了，因病況發生得太突然，很多事都來不及處理就已離世，鳳陽因而有很大感慨。

人生無常，生老病死，人所難免，亦無可奈何！想起，你去年九月走後，他夫婦那時亦非常有心的相贈奠儀帛金，贊助你籌款作獎學金之用。不久，旋即傳來一個壞消息，說發現他患了「腦癌」，之後，腦衰退得很快，轉眼間甚麼也記不清楚，身體亦急速的轉壞，只兩個月時間，新年剛過，他就逝世了！

彬，你們兩人，說來真令人感慨，你一生好食，最後的一段日子，卻因患胃癌食之無味而厭食，而杜先生是一個勤敏好學、擅長各地方言的表表者，一輩子偏重思考的人，卻因患腦癌，離世時甚麼都記不到，你說，這是否很滑稽，可嘆人生就是如此吧！多無奈啊！我想，現今你倆身處異域，不同空間，時空不受限制下，應能互相見面吧。

現在，我每日不停的在重新翻看你休假時居住在英國那年寄回家的舊書信，信中你經常的寫着，在那一年杜先生夫婦對你的關心，生活上所有事情都多得他們着意幫忙，使你孤獨一人在外域，不致手足無措。更多次勞煩他駕車載你替美璐各處找學校，一起參詳，及研究適合美璐的選擇，如此心意，你是非常感謝他的，這位重情重義的異國朋友，多難得啊！

他雖是英國人，但思想卻極具中國化，你多次說這朋友是十分難得。所以，一直以來，我們大家雖身居英港二地，也經常會見面。他們夫婦二人，在「新亞書院」讀書時相識，不久之後，便結為夫婦，數十年居住於英國，相偎相依的形影不離，頗為恩愛，一旦一方撒手遠去，鳳陽自

蘇慶彬教授追思集

蘇慶彬教授追思會籌備委員會 編

崇修拜訪英國的杜伯母羅鳳陽，並送上紀念父親的追思集，想不到這本追思集竟引起她極大感觸。

寒窗雜感——追思會

慶彬吾兄千古

世能幾士傳身教

我只無言送子行

弟 健行拜輓

慶彬教授千古

古道皇皇厚德載物

春風譪譪新民無聲

香港中文大學歷史系敬輓

左）二〇一六中大歷史系贈蘇慶彬教授輓聯

右）二〇一六鄺健行教授贈蘇慶彬教授輓聯

雖離開講壇多年，仍有不少學生不離不棄的關心和愛護你，事事毫不推辭的幫助你；百忙中仍為你籌備了這個追思會及出錢編印了追思集。難怪羅鳳陽在同處一情境下，見《蘇慶彬教授追思集》有如此深刻的感嘆！

多有不慣，不免多有傷感！

崇修這次去探訪她，除了代我送她一本《珍收百味集》及手織的毛頸巾外，更帶了本你的《蘇慶彬教授追思集》冊子，及一月份的《新亞生活》給她，裏面有記載着你「追思會」當日情況。

想不到，她看了這本追思集後卻引起極大感觸。感覺到丈夫一輩子在牛津大學任教職，盡心盡力的為學校服務，也是一個身居要職的高級教授，但他身故後，學校卻一點表示也沒有，喪禮日，只有自己一家人在家安排的悼念儀式；連平日相熟的校中某人，本承諾來致悼詞的朋友也推辭而沒有來，與你集子中記載的校中追思會情況相比下，不禁感覺到此地人情冷暖、厚薄，真有天淵之別！

「人走茶涼」，自古皆然，又能怎樣？一旦想通後，心情自可放下，若仍耿耿於懷，徒增添苦惱而已，何必！只是她心情鬱結，一時尚難放下。往往更常會觸景傷情而惆悵，始終她是一個中國人，或許這就是中、外文化思想不同、感情上的差別，表達方式亦因而有異。

彬，你是一個感情極重的人，對身邊的每一個人都是推己及人的誠意對待，往往義不容辭的自動幫助他們。縱使偶有人誤解你，你生氣了一會，仍是依然故我的去做，這點我是最明白你的，也很欣賞你。正因如此，別人自會感受到你的誠意，相應的也會如此對待你。這種迴響是極為難得而值得珍惜的事情！

當然，你為別人的付出，絕不會斤斤計較於有否回報，只是盡心盡力做好自己應該做的事而已。或許你認為這些只是自己應盡的責任。只要自己問心無愧，你便會毫不猶豫的去做，偶有所得，你便會覺得心裏非常高興。

「人走茶涼」大多數都是如此，也不是甚麼大件事，正如錢師母當時在台灣，獨自一人編輯錢老師書集時，也只淡淡的說：「各人都有自己的事要忙，只能自己動手做了。」說得多麼灑脱！

得天獨厚的，你真的很幸運，離開講壇已多年，無論我們居住在何處，仍有那麼多學生不離不棄的關心你、愛護你、事事毫不推辭的幫助你。這一次，同學們更因不能前來美國參與你的喪禮，深以為憾，在百忙中仍為你籌備了這個追思會，出錢編印了這本追思集……料想，籌劃過程亦甚為繁複，花了不少時間，他們只希望能籌備一個合適的場合，給在港的親戚、朋友、同學……方便前來向你追思悼念。他們的不辭辛勞，深厚情義真令人感動！難怪羅鳳陽同處一情境下，見《蘇慶彬教授追思集》此集子有如此深刻的感嘆！

老公，我真的羨慕你，只能再一次對你說「你真幸運！」在世上能像你那樣，同時擁有那麼多稱心、如意、無憾的事，而走後尚享有如此待遇，受到別人讚頌的人，真的很少見！而你竟修

杜先生他雖是英國人，但思想卻極具中國化，你多次說這朋友是十分難得。所以，一直以來，我們大家雖身居英港二地，也經常會見面。

到的一一都得到了！如此愜意的人生，真不容易，是多麼難得！也是多麼幸福！人生若你，夫復何求！這真是你的「福氣」啊！

就此擱筆，下次再聊吧　祝好！

淑珍

寫於二〇一七年四月十七日

新澤西州

第6封信：情詩一則

彬：

這些日子，我看了一首由元朝書法家趙孟頫的妻子管道昇寫的一首《我儂詞》，可說是一首傳世不朽的情詩：「你儂我儂，忒煞情多，情多處，熱如火，把一塊泥，捻一個你，塑一個我，將咱兩個一齊打破，用水調和，再捻一個你，再塑一個我，我泥中有你，你泥中有我，我與你生同一個衾，死同一個槨。」

我試意譯為：「我倆濃濃如火一般的愛情，大家深深的愛着對方，雖然我倆原是不同性格的兩個人，但濃濃厚厚的愛意——如火的一般！把你我兩人像泥土的一起融化了，也混合了成為愛情心意相通的另外的兩個人，從此你我兩人永遠也不分開，永遠、永遠的我愛着你，你也愛着我，生則同衾，死則同穴，同生共死的永遠在一起，直到永遠、永遠！」

彬，你覺得我的翻譯文意可對？原文濃濃情意令人陶醉，是那麼耐人尋味！淺白得卻是那麼的令人感動！

據說此詞是管氏回應丈夫欲納妾而作，當日年已五十歲的趙孟頫，欲效仿元初名士納妾，他作了一首小詞向妻子試探：「我為學士，爾做夫人，豈不聞陶學士有桃葉桃根，蘇學士有朝雲、暮雲。我更多娶幾個吳姬、越女，何過份。你年紀已過四旬，只管佔住玉堂春。」好一個管道昇，得知丈夫意圖後，並沒有哭鬧或正面阻止，只寫下這首《我儂詞》以作回應，趙孟頫看罷妻子寫給自己的情詩後，深深被感動，從此也再沒有納妾的念頭。由此可見中國文學是多麼令人着迷，也多麼的易於深入人心。

雖然全篇詞中全不提一個「愛」字，但卻處處顯示着她對丈夫深切濃厚的「愛」意，這種柔若無骨的愛，把二人纏繞在一起，是多麼的刻骨銘心！恩愛得多麼令人羨慕！這詞，真不愧堪當中國流傳千古的情詩。

前此，不自量力的也寫下一篇隨筆〈夫妻相處之道〉，其實文意內容也跟《我儂詞》差不多，自己初看也覺頗為愜意。現相比之下，文意雖略有相同之處，但總給人有一板一眼的像是在「說教」，而缺乏一種像管氏寫的透入內心深處情意，一股柔如千絲萬縷、依戀不捨的夫婦刻骨感情，看來自己寫的意境總覺文詞硬繃繃的，相形見絀了。

我想，寫文章如是，寫文章的人性格也許亦如是，我不否認，在別人眼中我可算是一個盡責的媳婦、妻子、母親，而我一向做人的方針，及走的路向，處事態度也是一板一眼的很執着，不易改變，現在靜下細思量，檢討以往，方覺女子太剛強好勝，亦非好事，往往更是自討苦吃，也累得很啊！真覺得有點後悔。想我出生後生活孤苦，自少便養成一種獨立性格，往往自以為是，不容易接受別人意見，令我走向硬繃繃與缺少溫柔的一面，你常取笑我說：「幸虧你不是做『政府高官』的人，否則死得人多了。」

我細味這首溫柔、婉轉情詩之後，對你的態度，我想，真的要重新思考，究竟怎樣做才算適當。是我以往硬繃繃的好？還是像趙孟頫夫人溫柔婉約的好？同是一樣的向對方表達愛意，同是說及一件事，但寫出來、或說出來，效果可不一樣了，真值得想想！

例如，你對子姪的關心，如自己子女的善意教導他們，卻適得其反的不獲聽你說話外，更往往惹來他們的不滿，你自己亦因而生氣。我不懂得開解你，卻一本正經的勸你不要理會他們，怎知更惹得你氣惱了，認為連我也不懂諒解你。其實你的心意我怎會不明白，我只是心疼着你，怕你繼續生氣而傷及身體，事實上他們亦不會接受你的意見，何苦！我只是不想在你情緒波動的時候更附和着的加添你的煩惱而已，但恰恰卻給你誤解了，當然對於我的勸喻，你更不會接受。

或許，我能轉用另一種溫柔體貼的方式，慢慢的勸說你，平復你的激動不安情緒後，我說的話你自然會易於接受。彬，告訴我，你當時的感覺是否如此？這個方式是否更為有效？若能再開始……可惜，時不我予矣，我倆再沒有這個日子了！真是悔之已晚！

不着邊際的題外話，說了一大堆，目的只是想說明，夫妻間相處之道，怎樣才能達到和諧一致，應以何種方式為佳，鑒於上述方式，雖同是一種善意關懷心情，是同樣處理着一件事，但出來的結果，效果確是相差很遠！

彬，是時機不就，我倆也許情緣就是如此，我看管道昇之詞為時已晚，若是早些年能看到，我想，我不會像以往的不解風情、一本正經的對你了。其實要改變並不難，處事前只要推己及人的多為對方想想，再切身處地的細思一下，想亦不難。正如管道昇說的：「我泥中有你，你泥中有我」分不開的感情，在感情鞏固底下，偶然會撒嬌的嗲嗲你，這樣是否會更愛我、更喜歡我？我倆的生活是否更開心？老公，你說是嗎？而我也不會留下今日的「遺憾」！

我倆都是思想較為保守的人，一般較肉麻的說話，都不會隨意說出口，自結婚後，數十年「我愛你」這三個字，從沒有在雙方口中說出，也不明，這三個字，多麼簡單，說說便可把自己心意表達出來了，怎的說來這麼難？可能我倆的愛是含蓄的，是藏於內心深處，並不是三言兩語便能說出，其實，「愛」是不需要經常說出於口，是藏於心底，可以用實際行動來表達。

一個幸福美滿的家庭，是夫妻二人盡心盡力用心經營的，做妻子的固然希望能得到丈夫一輩子對自己體貼入微、愛護備至、如珠如寶的守護着，是一個忠誠盡責的好丈夫。

做丈夫的又怎樣想？當然，也希望妻子能將心比己，體諒他們外出工作時擔子的不輕，或工作不如意時，總希望回家後能輕鬆一些，有一個溫馨幸福的家，及有一個溫柔、體貼、關懷自己的妻子作伴。所以當妻子的偶爾向丈夫撒撒嬌，那又何妨！我這樣說，你可羨慕吧！可惜，我以前全沒想到……真後悔！

天氣已轉暖了，「春暉園」一帶的花草樹木，又欣欣向榮了，你可到「衣冠塚」花園中走走，可不愁寂寞、孤單了！

下次再聊吧！祝好！

想你的妻子　淑珍

寫於二〇一七年四月二十一日　新澤西州

第7封信：遺稿

彬：

你走後，我細意的檢查你存放在 iPad 上寫的文稿，這些遺留稿件，都是一些未完成的稿件，內容各有不同，我把它略作分類，竟可分為四、五類之多，有論曾公國藩的家書與為人、有想留給美璐作插圖的「香港戰前街檔，各類行業式微與發展」的初寫稿、更有收集了很多家族人的資料，預作重新修寫《蘇氏族譜》，及繼《七十雜憶——從香港淪陷到新亞書院的歲月》一書之後，再寫了多篇，寫及自己從出生故鄉開始直至後期患病的多篇「雪泥鴻爪」生活點滴。有記載諸位好友的悼念文章，我想，若能假以時日，很多親友都給你書寫在筆下了，真不知老之將至，更遑論身罹惡疾，不知你書寫之同時，有否想過諸事能否完成？

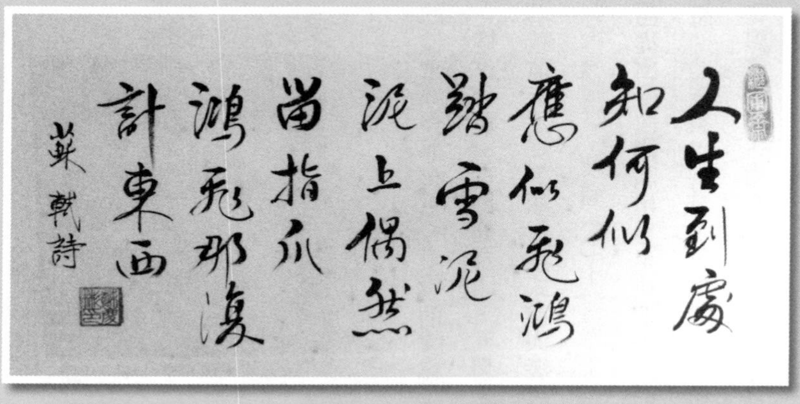

你最喜歡寫的蘇東坡詩句，我選用了《飛鴻踏雪泥》來作為你新書的書名。

彬，你走得可瀟灑了，卻留下了一大堆未完成的稿件，你擬留給美璐插圖的初寫稿及重修《蘇氏族譜》之稿件，只能留下給美璐及崇尹兄弟，這得要看他們有沒有興趣繼續做。兒女各有各忙，也不能強求於他們，成事與否，得看日後機緣了！

彬，告訴你，有一件令你很高興的事，就是你遺留下「從曾國藩家書略論其為人」的收集資料，我已全部交予范家偉了，他毫不猶豫的答允日後替你再續完成，你不用再記掛了！幸有可託付的人，真是十分難得的事，你可以放心了。

這些資料，我知道是你近年花了很多時間及精神從多本曾國藩文集及書信中一一收集的，是你病中後期仍念念不忘的事，到最後你自覺心力交瘁，無能為力了，只得「封存」起來。從一束束註上數字的卡片的文件封套上面「撰寫曾國藩文——未就稿」這幾個字來推想，可見你收藏起它之時，心情是有多不捨！也不知可託付留與何人？故只能束諸高閣而收藏起來，想及此，我心也不禁戚戚然！

這類文章實屬一項專門學術研究，更非任何人能以代勞，家中各人自感力有不逮，無以為繼，但想及你花了那麼多時間而籌集了的資料，對此當有所思、所想，對後人亦必有所裨益，一旦儲存收藏，無以為繼下，多時心血等如棄掉，心實屬不忍，想亦非你所願！

你以前也屢向我稱讚家偉人品敦厚樸實，寫文章穩重紮實，是不可多得之研究學術人才。有幸的，他竟不怕辛勞許諾代你日後完成，只是怕太花費他的時間替你繼續書寫。我想，你前此寧願把「未就稿」收藏起來，也不願隨意透露他們知，亦是顧慮及此吧？所以，我向家偉建議，說此稿可作為他日後撰寫的一篇學術論文處理，這提議我認為你定會默許而無異議的。不過，他回郵卻不贊成，執意書成之日，撰者一定要冠上老師之名，這得待日後適當時候，我再勸勸他了，起碼二人之名亦得同時冠上。

最後的一欄，就是你隨意書寫，以居住環境為經，以時間順序為緯的「雪泥鴻爪」。從各篇書寫章節看，後半部份是我們結婚後生活的點點滴滴，過程中所有的事，也是我最清楚的，我不想假手於人，所以，你這些一段段的稿件，每一章、每一章的我都代你連接起來，和着淚水的把你每一個字、每一個字重新抄寫在我稿件檔案裏。

這段日子，我靠你的遺稿支撐着、陪伴着，熟悉的文句在眼前跳躍着，像跟我說話，也像一句句的在我耳邊呢喃着，消逝了的時光，彷彿又重新回到眼前，感覺上你仍是與我同在一起。

彬，你遺留下本擬定名為「雪泥鴻爪」的稿件日後能否成書？亦等待機緣了。

因唐端正先生剛出版了一本名《雪泥鴻爪》的書送給你，為免混淆，我轉用了《飛鴻踏雪泥》

之書名，此句出自東坡詩，也你最喜歡寫的詩句：

「人生到處知何似，應似飛鴻踏雪泥，泥上偶然留指爪，鴻飛那復計東西。」多像你的寫照，想你也同意吧？

不多寫了，就此擱筆，下次再聊吧，祝好！

淑珍

補寫於二〇一七年四月二十八日

新澤西州

（編註：蘇慶彬先生所著《飛鴻踏雪泥——從香港淪陷到新亞書院的歲月》已於二〇一八年五月由香港「中華書局」出版）

第8封信：居港兩月的足跡回顧（一）——追思會中之追尋

彬：

這封信在二〇一六年底，從香港回美國時便想寫給你看了，因有其他事情要處理，故擱置至現在。又因此信記敘事情太多，真的「一信難盡」，現在我把它分成三封書函，分別詳細的告訴你，我十月至十二月，在香港這段時間我去了甚麼地方？期間又做了些甚麼事？

彬，二〇一六年十月底我又去香港了，期間崇修和美璐在開追思會之前也趕來香港。這次回香港主要目的是參與同學們替你在中大籌辦的追思會，與及十二月參加蔡瀾先生跟美璐預備在廣州和澳門開的畫展。這段時間我去了很多地方，也會見了不少相識的或不相識的朋友，詳細情形，待我慢慢的寫信告訴你吧。

彬，你走後這段期間，親家母很貼心的來美國幫忙，我可以毫無牽掛的停留香港兩個月，居住在親家母將軍澳坑口家裏，沿着地鐵的居所，有地鐵的站標指示，到每一處地方都很方便，這兩個月我熟悉得自己可以乘搭港鐵到處去了，可說是我這幾年回香港，出外走動得最多的一次。

我提早一人回香港，主要是想有多些時間一個人可以靜靜的再到我曾經居住過的地方懷舊，從兒時居住在外婆家的大角咀、深水埗長沙灣欽州街故居的一帶地方，桂林街新亞書院舊址那裏，我也去了兩遍，那裏是我們兩人邂逅相遇值得記念的地方。還有我們結婚後一連串居住過的地方有油麻地「公眾四方街」現改「眾坊街」、北帝街、美善同道、窩打老道、美孚新邨、太子道、中大宿舍、太古城等地方，我分別的都一一走遍了，其中除了北帝街（美璐、崇尹、美璇三個孩子出生地）、龍翔大廈、太古城外，很多建築物都改變了，已經不是以前我們居住時那個樣子；雖是景物已非，但我仍喜歡到那裏，到每一個地方去回味。懷念着兒時與母親同在一起的時光，回味着與你相識、相戀，直至結婚後陪伴着兒女成長的每一個生活細節，一幕一幕的前塵往事，亦恍若一一重現眼前！

回想，二〇一二年，我們回香港時，也曾與你「走馬看花」的到各舊地重遊，卻因不勝勞累下，各處亦只得匆匆忙忙的一掠而過。想不到四年後的今日，卻是我形單影隻，寂寞的一人到各處去緬懷、去徘徊，人生無常。日後能否再重臨故地？實難預料，惟有多攝影照片以留作懷念。

還有一事我要告訴你，自從在澳門菩提園替我父母立靈位後，在澳門居住這些年，我們很少上慈雲山拜祭我母親了，母親的舊骨灰靈藏樟木箱，在五十多年損耗下已開始破爛了，現已更換了美璐上次回港時，親自替外婆挑選好的一個新的瑪瑙石骨灰靈藏（是美璐四姊弟合送的），也幸得美芳和火有夫婦在港熱誠幫忙，親自代我們送上慈雲山觀音廟替我母親更換，他們對我相助——惠及我母親之情，實是難得，真令我非常感動！崇修這次回港，正好陪我上慈雲山拜拜外婆，一睹靈龕新樣貌。母親座前，居高臨下，風景優美，環境清靜，實屬一處不錯安息之所。

十一月二十六日星期六中午十一時，在新亞書院雲起軒中，由香港中文大學歷史系、香港中文大學新亞書院、新亞研究所三個合辦機構替你籌備的追思會開始了，那日雖整天的下着滂沱大雨，但悼念你的親友，卻無懼風雨而來，雲起軒會場中安排的一百五十個座位也全坐滿了（我早段時間也詳盡的寫了另外一篇「追思會」的隨筆，因此我不再詳細的告訴你了）。

有感於美璐在追思會末段，向在座的親友致謝詞時，提及在相片錄像回顧中播放的《追尋》一曲樂譜（該音樂是孫女明明拉的小提琴，再由美璐鋼琴伴奏，多有意義啊！）是父親生前最喜歡唱的歌曲，她說：「父親喜歡唱歌，他高興時唱、不開心時也唱，是唱給自己聽的。他喜歡唱，尤其是最後的二句『我要我要追尋，追尋那無限的深情，追尋那永遠的光明』。」

彬，這首由許建吾作詞、劉雪庵作曲的《追尋》，全曲的歌詞：「你是晴空的流雲，你是子夜的流星，一片深情靜靜深鎖着我的心，一線光明時時照耀着我的心，我哪能忍得住啊？我哪能再等待喲？我要我要追尋，追尋那無限的深情，追尋那永遠的光明。」

我想，曲中歌詞對你是心有同感，亦是你內心深處的追尋！不過，你要做的事你已做了，你應該做的事你也做了，你能做的事你也做了，而且也用心的盡力做得很好，你可說今生無愧亦無憾！你要「追尋」的都已「追尋」到，應愜意而釋懷了！

修仔十天的假期很快已結束，廿八日中午飯後他匆忙的回美國了。美璐和我則繼續展開另一段廣州和澳門中、港、澳三處的繁忙行程了。

以上是寫給你的第一封信，跟着的是廣州和澳門之旅的行程。

淑珍

二〇一七年五月新澤西州

學生們不辭勞苦，籌備了一個合適的場合，給在港的親戚、朋友、同學……方便前來向你追思悼念，深厚情義真令人感動！

那天天氣雖很壞，整天下着滂沱大雨，但悼念你的親友，卻無懼風雨而來，「雲起軒」會場中安排的一百五十個座位也全坐滿了。

美璐在追思會末段，向在座的親友致謝詞時，提及在相片錄像回顧中播放的《追尋》一曲樂譜，是父親生前最喜歡唱的歌曲。

居港兩月的足跡回顧（二）

——廣州市蘇美璐畫展

彬：

首先我跟你說說我們廣州之行的經過吧，蔡瀾先生在廣州芳村信義會館，替美璐籌備了一個為期二十日的畫展。我們提早一日便和蔡先生一同乘坐已預約的港、粵二地的直通車去廣州，並入住於廣州市近江邊，風景最美麗的「白天鵝賓館」。

原定的畫展，是展出《珍收百味集》中的一百二十幅插圖，初據蔡先生說，本是準備香港西營盤「長春社文化古蹟資源中心」畫展期滿結束後，移往廣州、上海、北京分期展出，我和美璐本意亦準備參加北京開的畫展。不料北京的出版社卻認為《珍收百味集》是禁書（真不明？此書只是時代寫實的書，竟然也可列作禁書），若要改印為內地簡體字版本，必需刪除其中多處有關部份。這是一本自傳式連貫書寫的書，若隨意刪除，前後很難連貫，也失去原有本意，我不願變動，也不想刪除，所以書也決定不在內地出版了。既是如此，書中插圖展出的畫展也沒有意義了。所以蔡先生也決定只在廣州市開畫展，展出的主題轉變為「蘇美璐筆下的蔡瀾」，是展出美璐在蔡瀾先生書中畫的部份插畫。

開幕那天，上午和蔡先生會合後，即轉往畫展現場，只見很多工作人員正忙着佈置，也有百多幅插畫已排列整齊的掛在牆上，室內還放置了一部大型的新式印刷機，可把插圖畫像完整的印在T恤上，供喜愛者隨意選擇購買。

蔡先生交遊廣闊，下午三點開始，客人便聯袂陸續出席到來參觀。那日，袁美芳、陳榮波、吳火有、黃百連四人特意遠道前來，本擬參與開幕儀式，怎料我把開幕時間弄錯了，他們只能改在第二日才到信義會館觀畫。

畫展的第二天，我們吃過早餐後即約在信義會館門前集合，我覺得他們這日來，反而是最適合看畫的時候，不像開幕那日，賓客擠迫一堂不能隨意走動的看畫。看完畫後，細心的蔡生已安排司機張先生帶領我們到廣州四處觀光，又品嚐傳統特色美食和欣賞粵劇的表演。而傍晚美璐要接受廣州傳媒的專訪，張先生則駕車送我們各自回酒店休息。

到第四日，也是停留廣州市的最後一日，我們一早收拾好行李，和美璐吃過早餐後，張先生便駛車接我們六人，前往東莞市，趕赴滘江濱路水鄉美食城「佳佳美」老闆娘的約會。

「佳佳美」的老闆娘，真是一位能幹的奇女子，外形雖像一個毫不起眼的普通村婦，她的丈夫早年便過身了，她除了帶大一對兒女外，生意還經營得甚為出色；兒女長大後，有乖巧的他們幫手營業，更不斷的把各處食肆生意擴大，各類食品也做得更是出色，是當地馳名的食肆之一。據蔡先生說，在當地他們可說富甲一方，但他們一家卻毫無富人態度驕傲的陋習，真是很難得。

認識她是由蔡先生介紹，那日美璐畫展開幕時，她盛裝出席（友人笑說她娶媳婦時，亦沒有這樣刻意打扮）的來參觀，在會場中也坐了大半日。她是蔡瀾先生出品食物的合夥人，蔡先生淘寶網店上「蔡瀾花花世界」售賣的各種「抱抱食品」，全部交與她幫手製造，我們這次的聚會，也是蔡先生那日代為相約安排。

中午時分，我們便到東莞滘江濱路水鄉美食城，那是「佳佳美」老闆娘其中一間大食肆，她早留下一個大廂房等待我們，不久，熱騰騰地道可口的餸菜一道道的擺滿了一大桌子，有馳名的招牌菜滷水魚頭、乳鴿、燉水鴨、焗禾蟲、白切走地雞、欖角蒸魚、蟹粥、藥膳燉白鱔煲、特色炒飯，因知榮波是食素之人，更多添了豆腐煲、羅漢齋菜、清炒時菜、眉豆蒸糕……還有二款是

筆者與「佳佳美」老闆娘合照

母親家鄉的「譚氏大宗祠」就在眼前，是一幢很大的譚氏家族宗祠，祠堂大門的兩旁有一對對聯寫上「琴鳴莞水家聲遠，德播寧溪世澤長」，而上面橫額則寫着「譚氏大宗祠」五個大字。

自家廠中出品，馳名海外與別不同的滘江鹹甜糉子。

彬，你看看菜名也很羨慕吧！「佳佳美」的老闆娘與我們只是驟面相識，竟然能如此熱情招待我們，是否亦會覺得很奇怪？我想，她對我們並不是想圖甚麼利益，她已是富有人家，金錢對她來說也不是甚麼一回事，當然亦因有蔡瀾先生介紹的關係，主要的是她心裏羨慕我們，她欣賞我有一個畫畫這樣出色的女兒美璐，也知道美芳他們都是做老師的讀書人，從她口中常謙說自己讀書不多，是一個不懂事的鄉下人來看，可想而知她是多麼喜歡有文化的朋友，所以一下子便跟我們相熟了，人情味濃厚得像對老朋友一樣。

飯後，還帶我們參觀她的食品製造處，是一個很有規模而整潔的大工場。然後，再轉到食品門市部，熱情好客的她給我們試食着各式美食，並送給我們每人幾大袋，弄得我們有點不好意思，真多謝他們的熱忱款待。

我的出生地是廣東省東莞縣的大寧村，會在回程的途中經過，美璐提議司機順道帶我們前往尋找。行不遠處真的找到大寧村了——我的故鄉。母親家鄉的「譚氏大宗祠」就在眼前，是一幢很大的家族宗祠，祠堂大門的兩旁有一對對聯寫上「琴鳴莞水家聲遠，德播寧溪世澤長」，而上面橫匾則寫着「譚氏大宗祠」五個大字。

大門原本是關閉的，幸運的剛碰上負責打掃的阿姨開門入祠上香，我們正好尾隨入內，美璐和我上香添過香油後，各人逐一參看牆上沿壁掛着的譚姓先祖歷代畫像簡介。湊巧陳萬雄的母親與我母親同屬東莞大寧同鄉，他影印了一份由蕭國健先生寫的《東莞歷史研究論集》著作中寫及「廣東東莞大寧譚氏源流及其發展」的影印本給我，因此得知譚氏先賢擇居「大寧村」之事蹟。

先祖「惟月公」於宋紹興四年應舉孝廉，為東莞縣令，退隱後擇大寧鄉定居，遂成為居大寧村譚姓始祖，後歷元、明、清三朝代，子孫繁衍，名賢輩出，為官者衆，至今已歷傳二十六代。村分東、南、西、北四方，以「更樓」為中心（「更樓」於抗日時曾為國軍指揮部，現為民居），後代子孫，很多仍聚居此地，難怪此「譚氏大宗祠」可保存得如此鼎盛。

至於我家王氏一族是否仍保留有宗祠？我全無所知，亦沒有親人告訴我，若有的話，想必亦在附近吧。因時已近黃昏，我們不能停留太久了，張先生要趕車，直接送我們回香港了，廣州之行，圓滿結束了。下一封是——澳門、龍華茶樓、美璐的書畫展。

淑珍

二〇一七年五月

新澤西州

居港兩月的足跡回顧（三）
——澳門與龍華茶樓

彬：

這是我居港兩個月足跡回顧的最後一段時間：

從廣州回港休息了一日，美璐在澳門龍華茶樓為期兩星期的畫展開幕了，這次展出的畫，是《珍收百味集》書中的一百二十幅原插圖，是繼香港後的第二次展出，所有籌辦事情亦全賴蔡先生替我們着意安排。

那天一早我和美璐又起程去澳門，蔡先生的司機接我們與蔡先生會合後，便一同去港澳碼頭吃早餐，然後乘渡輪往澳門，並入住氹仔最新的巴黎人酒店。

隨後抵達「龍華茶樓」後，沿着樓梯拾級而上，即見熟悉的插畫一幅一幅的帶着我們往樓上去，工作人員已把全部插畫分先後順序排列整齊的掛在牆上。龍華茶樓是一幢舊式屬政府保護文物的罕見茶樓，亦可說是澳門另類的「藝術展覽館」，茶客可以一邊品茗香茶，食件點心之餘，一邊亦可悠然自得的觀賞各類藝術品，實一賞心樂事。十多年前美璐和沙佛也曾在此處開過畫展，反應亦不錯。何老闆見我們到來，即趨前如以往一般的熱情跟我們打招呼，《珍收百味集》書中插圖的澳門龍華茶樓何老闆真人現身了。

畫展因有蔡先生的推介，近中午時分，澳門各傳媒即紛紛而至，場面熱鬧，採訪的或來拍攝照片的，一大群人都非常忙碌，也有很多茶客即時在現場購買了《珍收百味集》書本或大畫冊要求我們簽名。

這幾日蔡先生不停來回的在廣州、北京、香港、澳門等地四處奔走，想亦是很疲倦，但他只是下午回酒店略為休息後，晚上又約了數位澳門友人興高采烈的與我們一起晚宴。他像有永遠用不完的充沛體力，年紀比我還大二歲，精神尚能如年輕人一樣，真令我佩服。

畫展的第二天，蔡先生一早約了居住於澳門氹仔的朋友 Carmen，去營地街街市樓上的攤檔食肆進食早餐，然後，我們又一同去龍華茶樓。這一天我們改坐澳門九人座位的旅遊車了，因方便稍後袁美芳、何德琦、陳榮波、吳火有、黃百連、阮少卿六位同學參觀完畫展後，一同去澳門各地遊覽，真多謝蔡先生事事的照顧周全。

這天他們六位同學，一早由香港乘坐噴射飛航船抵達澳門了，其實這些插畫在香港「長春社」開畫展時他們早已看過，他們的來，主要是湊熱鬧向美璐道賀及特意來澳門陪伴我而已。這種少見的畫展場地，展出地點在傳統懷舊茶樓鬧市中，與我書中插圖的舊日情懷甚為配合，看後，也許令他們有耳目一新的感覺。

澳門我們生活了近二十年，甚麼地方也是很熟悉的。記得，遷居澳門的初期，在早期的十年當中，我們都是生活於物價低廉、生活舒適、悠閒寧靜的環境。自澳門回歸祖國後，澳門特區政府才開始着意向外開放發展，人民生活也開始改變了，樓宇漸漲價，而生活指數也提高了，後更一日千里的急速變化起來。

更想不到，從二〇一一年我們移民美國五年後的今天，澳門變化更大，一片繁華景象，人口稠密，道路擠迫……的情況，與前更截然不同，更非我們想像得到，幸好沿途有車跟隨，更有熟悉環境的司機帶路，駕車送我們到各處去，否則真是舉步維艱，也不知何時才到路環了。

沿着市區十六浦大馬路往氹仔方向行，過澳氹大橋之後首先便抵達氹仔菩提園，入園參觀後，大家轉往大雄寶殿的千手觀音堂，向我父母靈前鞠躬致敬。之後轉往氹仔市區，在賣手信的官也街徘徊一會後便駕車往路環了。

途中只見豎立在金光大道兩旁，金光閃閃、形形色色、光彩奪目的娛樂場所較以前更增加了多間，那處本是我倆經常去晨運的好地方，也位於我們舊居所的附近，現在連馬路兩邊怎樣通過、如何行走，我也弄不清楚了，只覺到處都是擠擁人群和車輛繁多，眼花繚亂的真有點不習慣。

路環一帶卻沒有多大變動，還是一樣環境寧靜、風景優雅、空氣清新、車輛稀少，人口密度較低，這固然因地勢傾斜關係，發展不易，故原貌暫時得以保存。此處除物價跟外面一樣高漲外，其他的與我們五年前移民時差不多，仍是澳門居住的好環境，可惜交通不大方便。

沿着海邊行駛，很快便抵達黑沙環了，是名副其實的天然遍地黑沙，只見滔滔不絕的海浪拍打在岸邊，遠觀一望無際的海景，令人心曠神怡。一下車，便見美芳像孩童般赤足向海邊奔走踏浪而去，火有夫婦則沿着兩旁高聳樹林下，手拖手的在林中漫步，多浪漫啊！美璐着意找尋心儀的地點繪畫，餘下的我們圍坐一起閒聊，若偶能遠離塵囂喧鬧地、毫無拘束的各適其適、舒適寫意的放鬆一下，多好啊！實人生一大賞心樂事。這種寫意無拘束的生活方式，也是你最欣賞、最羨慕、最喜歡的。

美璐本打算做東道請他們在葡國花園餐廳吃晚飯，但他們卻客氣的搶着結賬，盛情難卻，美

澳門我們生活了近二十年，甚麼地方也是很熟悉的。記得，遷居澳門的初期，在早期的十年當中，我們都是生活於物價低廉、悠閒寧靜的環境。

再次全賴蔡瀾先生的着意安排，美璐在澳門龍華茶樓舉辦為期兩星期的畫展。這次展出的畫，是《珍收百味集》書中的 120 幅原插圖，是繼香港後的第二次展出。

璐只得讓他們請客了。

回程時因美璐那天晚上七時，早購買了在澳門市政廳玫瑰聖母堂聽演唱會的門票，所以當美璐在聽演唱的時候，他們六位陪我在市政廳看聖誕燈飾，澳門燈光燦爛的聖誕夜景，真的很美，何德琦和阮少卿二人拍攝了很多照片，之後司機送他們到港澳碼頭回香港了。翌日上午，我和美璐在酒店附近遊覽了一會後，跟着便乘船回香港。

還有三日，美璐便要回蘇格蘭了，這幾天她每日仍不停的陪着我到各處去，星期日她宴請了四舅母一家、六舅父夫婦、七舅父夫婦等人在彩雲軒食晚飯。第二日，陳萬雄夫婦請我和美璐在奧海城的糖心軒食晚飯，更約會了天地圖書的編輯吳惠芬小姐，及設計師倪鷺露小姐商量她將出版的《往食只能回味》，也是很忙碌的，她三個星期的香港旅程很快過去了。

還有兩個星期我也要回美國了，這段日子，得美芳、火有、百連、少卿等同學不斷陪同下，除經常一同聚餐外，更相約去尖沙咀觀看聖誕燈飾及香港夜景，與各同學的宴會也排得密麻麻的。

彬，二〇一二年，十多位同學也曾在金滿庭，設宴補祝慶賀你的八十大壽，那日你還很高興的給了他們每人一封大利是，想你一定記得。

彬，這兩個月，我可算飲食頻繁，去的地方也多，大大小小的宴會，我也數不清了。我並不是一個好嗜食的人，近期胃口一直不好，面對這些豐富美食，感覺上真有點浪費！他們對我的心意，我是感受到的，對他們的關懷與愛護，我謹致以衷心感謝！

筵席間每見有你喜愛的食物，總幻想着與你同在一起，你仍坐在我身旁，多麼希望這次有你同行，一起遊玩、一同進食，那多麼好！我想，你若看見那麼多合你胃口的美食，一定會很高興的。

十二月二十九日，我回美國了，那天，香港天氣出奇的特別寒冷，一大早，呂振基、杜珮鳳便駕車送我到機場，甫抵達機場，陸續便見陳榮開、黎明釗、譚仲琴等人先後而至，而何德琦、袁美芳、吳火有、黃百連、陳榮波、阮少卿各位同學，更特意的佩戴着我送給他們的手織頸巾來機場送行。他們一大群人在寒冷天氣下，一大早的來機場送我機，此情此景，令我深深感動！也憶念起，以往每一次都是有你陪伴同行，而今形單影隻，只得孤獨一人，與眾人閘口揮手道別時，霎時感觸，那一刻我終哭了！

彬，這三封合計超過六千多字的長信，你得慢慢細看了，就此擱筆，下次再聊，祝好！

淑珍

寫於二〇一七年五月二十八日

新澤西州

第9封信：黃鶴高飛了

彬：

今日是端午節了，我像以前每年一樣，上香時把糭子放上祖先神枱上，作節日祀祭。阿娘過身之後，讓她有「安身之所」，我家便開始供奉祖先了，數十年來每有節日，我都是如此供奉的，讓她身故後真的「魂歸有托」了，至於死後是否真的有靈魂？不得而知，既是許諾了家姑，便該遵守，所以祖先神樓上每日鮮花、生果、香燭我從不間斷，視死如生的默默供奉着，只是讓她走得安心，這點我相信你是非常認同我的。以後我一定仍會繼續遵守我的信諾而不會改變，何況現在更有你和他們同在一起。

彬，我想：現在你應該在她身邊侍候着他們，而感到無憾吧！

從去年九月九日你離開我後，至今已有大半年了，在這九個月的時間裏，無論我們的睡房或樓下「繼甫齋」書室，你所有的一切、一切，我依舊一絲不變的擺放着，替你打掃着，仍是去年你走前一模一樣。每日我上香時，只見掛在神枱旁邊金婚時你影下的照片向我微笑着，但無論如何我也笑不出來了！

寫字枱上仍依舊的放着你去年練習寫的書法：「昔聞洞庭水，今上黃鶴樓，黃鶴高飛去，空餘黃鶴樓」及「昔人已乘黃鶴去，此地空餘黃鶴樓，黃鶴一去不復返，白雲千載空悠悠，晴川歷歷漢陽樹，芳草萋萋鸚鵡洲，日暮鄉關何處是，煙波江上使人愁」的二幅唐詩句，好一句「煙波江上使人愁」！對此我真感慨良多，愁上心頭！

我感覺你只是出遠門，仍沒有回來，默默的期待着你會回來，但昔人已乘黃鶴去，一去不復返了，只留下空蕩蕩、渺渺無人的大書齋。我也不知在等甚麼，每日只是慣性的整理着，癡癡的等待着！

當日你偶然寫下的「黃鶴高飛了」，或許因你自覺身體已日漸衰弱，時日無多，因而有感的寫下吧！又或許你寫下想告訴我，你已一去不復返，真的走了，目的，減少我日後癡念。

彬，你走後這段日子，我不知時間過得是快還是慢，想起去年九月九日在床邊目睹你走的那一刻，時光倒流下心疼着恍似是在昨日，更回憶起端午節一家人圍桌食糭子的溫馨時刻，時間彷彿間又回到眼前，但在那遙遙無期的等待中，大半年的時間，我已像度過半個世紀一般，度日如年啊，日子真難過！

靜中細思量，我真的非常羨慕你，你真的有福氣，你已「追尋到那無盡的深情，亦追尋到那永遠的光明」，你想做的或想得到的，你都一一做到了，亦得到了，你的老朋友都羨慕着你，認為你此生應無憾，也該滿意了！其實你最幸福的，正如美芳說：你得享高壽之餘尚能在臨終的時候，清晰的事事自我愜意安排，更能在毫無痛苦有尊嚴地瀟灑而去，而且在患病時一直有至親妻子、兒媳在旁的悉心照顧，這種福份，何等難得，學生對你也有此感受！教我又怎能不羨慕你。

想我自幼孤苦伶仃，劫難頻頻，不致成為餓殍，已是上天眷顧，俟結婚後本期着有夫相伴，攜手到老，更望收殮時，丈夫能在我襟前別上一朵花，已無憾矣，怎料事與願違你竟早捨我而去，自感福薄緣慳當不及你，更不敢諸事冀求，只祈望日常生活也能自行處理，不致連累兒媳，更祈求上天賜我有尊嚴的「笑看死亡」而去，則別無所求！彬，你在天之靈，得保祐我了。

其實，「活着」的起碼條件，應具備有喜、怒、哀、樂的諸般情緒，更應該有思想、有感情、

每日上香時，只見掛在神枱旁邊金婚時你影下的照片向我微笑着，但無論如何我也笑不出來了！

會愛、懂愛、會笑、會哭、能食、能走、能動，有人生的活着目標，那才有意義，如果這些條件統統都失去而僅剩餘一個軀殼的話，那是多可悲、多痛苦、多難受，我想，那比死更難堪！更可憐！更可怕！

所以在羨慕你之餘，我更是非常懼怕，我怕日後記憶力的日漸衰退下，腦中空白一片，不能自主，更怕腰腿舊患變差，行動不得。在失能、失智的情況下，是比死更可怕，我真不願那樣痛苦的活着。

近日每每有傷春悲秋的情緒低落，更每感有林黛玉之悲觀情懷，動輒傷感，想起黛玉葬花詞：「……儂今葬花人笑癡，他年葬儂知是誰……一朝春盡紅顏老，花落人亡兩不知！」想起今日自己對你心情，情況恍如黛玉之葬花，他人甚難理解，更傷感他日的自己將會變成怎樣？正是花落人亡兩不知！對此難免有所悲慟感觸。

不管怎樣，在我還有思想、還有記憶、還可以走動的時候，不管別人如何看法、理解不理解，只要你明白我，知道我心意，那就夠了。「繼圃齋」我會依舊如以前的替你守護着。雖說昔人已乘黃鶴去，但書齋中每一個角落，你的每個蹤影，仍歷歷在目，時時刻刻的停留在我心坎裹。

唉！滿胸愁緒，也惹得你傷感了！

不說了，下次再聊吧，祝好！

淑珍

寫於二〇一七年五月三十日端午節

新澤西州「繼甫齋」

第10封信：談夢

彬：

這二年我真的很少發夢，據崇修分析我沒有做夢的原因，是因為我在睡眠中不自覺的有了另外一個動作——踢腳，原來睡眠中踢腳，是因為在睡覺的時候肌肉攣縮，導致腳部會間歇性的抽筋，干擾睡眠。專家說夢只會在沉睡當中才會發生，因為這個動作干擾着我的睡眠，引致我不能沉睡，所以便不會做夢了。我這睡夢中大動作，你從來沒有告訴過我，想沒有發覺到吧。我亦是最近在香港與美璐同床時聽她說及此事（香港睡床太狹窄踢到她吧）才知道，可以說，這些日子我根本沒有正式沉睡過，難怪剛睡醒時也常會覺疲倦，若是如此原因而導致我難於做夢，那真是一件憾事！

夢有多種，多是黑白色的，也有人夢境是彩色的（美璐的夢是彩色的），夢中有動作的，有會發開口夢的，有美夢、噩夢、白日夢……所謂「日有所思，夜有所夢」，主要是抒發內心潛在壓力，而「夢感」是指醒後尚記得的夢，是留存於大腦深刻的記憶事情而已。其實，夢與人生百態息息相關，內容多是我們曾經經歷過的、現在經歷過的，或未來會面臨的事，夢的記憶當中，有思想、影像、言語、聲音、視覺和聽覺，夢感中更有甜、酸、苦、辣的意識和感受，醒後仍有深刻的印象。

夢是因個人性格、情緒、社會閱歷和文化背景有所不同，或日間對自身感受很在意，因而在熟睡中便帶入夢裏，可說做夢是記憶中潛意識重複的表現，把記憶中的感受帶入夢中回味，是多麼奇妙的一件事。

據專家分析：有夢的人是睡得好，只有沉睡時才會做夢，而人的睡眠時間是個半小時或二個小時迴圈一次，而分四個不同階段進行，第一二階段是淺睡，第三四階段才是沉睡，尤其第四階段是睡得最熟、最好，所以夢通常就會在第四階段發生了，也表示着「生長的荷爾蒙」正在工作，所以說，夢只佔睡眠時間四分之一。亦因在荷爾蒙適時的工作下，第二天精神也會容光煥發，是絕對不會影響到正常睡眠的休息時間。

專家更正說，許多人害怕經常做夢，令大腦得不到休息，認為會對大腦造成損害，這種擔心和恐慌是沒有必要的，做夢反而可以鍛煉大腦細胞功能，更有專家認為做夢是人腦的一種工作程式，對大腦白天接受的資訊進行整理，調理大腦日間不常處理的資訊。說得也很對，我們日間工作多賴小腦系統的思維細胞組織操作，而負責記憶的大腦細胞活動只是其中的一小部份，甚至處於休眠狀態，如果這些休眠狀態的大腦細胞，長期得不到使用，勢必會逐漸衰退，為了防止這種細胞衰退，在熟睡中作夢，有助於大腦功能的恢復及加強鍛煉它自己的演習和功能，以達到自我調整完善、不致衰退的目的。

古代有句話說「盲人無夢，愚夫寡夢」，雖然說得是武斷一點，但從統計結果來看，見識少和愚笨的人真的較少做夢，而多做夢的多半是思維和想像力較豐富的人。我近日記憶力日感衰退，想是大腦細胞記憶系統已開始不願操作了，長此下去，失憶是意料中事，看來「愚者少夢」也給我多一個不能做夢的原因了。

不要說那麼多「夢話」了，夢中世界的事，諸如此類「夢」的問題，還是留待給研究「夢」的專家去探討吧。我只知道每日三分之一的時間全用去睡眠而又睡得不好，那是多麼浪費！更不能在睡中尋夢，透過夢境去回味自己逝去的過往，在人生過程中，多少有着遺憾及可惜。

以下的三個夢境，是我從童年時代直至後期很長的時間，仍是不停的斷斷續續經常在夢中重現，可以說熟悉到連做夢都知道自己是發夢，其中是有依戀不捨的，有產生恐懼的，更有些是「夢的時空定位可以轉移」的。引證專家們說：「強烈而深度的夢，會在大腦細胞中留下深深痕跡，把幼年的記憶帶到目前，因此生活內容和夢境多有關連。」彬，從我說的夢境裏，可窺探我內心深處隱藏着童年難以磨滅的痕跡，讓你多點了解我。

一：「拾錢的夢」——這個夢是我六七歲做小當家的時候，直到結婚初期，不斷重複的一個夢，我是一個穿着唐裝衫褲七、八歲的小女孩，身上一個袋子也沒有，看見滿地的金錢，也不知能拾得多少及放在哪裏，只得用手捧起地上金錢，用衫的前幅裝載着，也裝得滿滿的，開心的緊緊抱着，也因做這夢的次數多了，使到我在做夢時也知道自己是在發夢，於是把裝滿金錢的前幅衣服，更緊緊的抱住不願放手，深恐怕一旦醒來，一毛錢也會沒有，活像一個貪錢的小女孩！自少孤苦伶仃，對母親從不會奢求的小女孩，也不知小小年紀因何竟會做那樣的夢，更如此的渴望有金錢，想是家境太貧窮了，因而內心深處產生對金錢的冀求、對擁有金錢的一種希望。想到此真的覺得很可憐！雖不能實現，卻是一個令我在夢裏開心快樂的好夢！一個發了很多年有甜、有酸、有滿足感的美夢！

二：「對考試恐懼的夢」——我是很怕做這種夢的，有一種求助無門的感覺，有一段時期，它不停的在我夢境出現，反覆的對我騷擾着。我並不是一個怕入試場的人，但很多時我做夢卻在試場裏，不同試場，考着不同的科目，夢境裏的考試往往令我覺得很尷尬，無所適從，醒後也覺得很疲累，更甚的，每次做夢形式也不同，由最初只有部份試題答不出、跟着是試題也看不明，更嚴重的是入試場後，連考甚麼科目也弄不清楚了。哪有考試是這樣！但我仍不停的做着同一類的夢，覺得很奇怪吧？它不在我做學生時期出現，而在結婚數十年後才頻頻出現在我夢境裏，這意味着甚麼？因何潛意識中我是那麼怕考試，更怕到莫名其妙的感到一次比一次嚴重？以前我只是怕考英文這一科，難道在多年後的今日，對這科「囤積害怕考試陰影」，使我在做夢中，把幾乎已忘掉了的考試心理壓力，從潛意識中不自覺的引發出來？

三：「迷路的夢」——我對「方向感」和「認路」的認知能力是很差，彬，這一點你是早知道的，所以，你以前也是很怕跟我走失，而我也曾戲言，終有一日我也許會認不到路回家。記得在幼兒的時候，有一次因貪玩跟母親走失了，那時我真的很害怕，我怕再找不到母親，從此，這種恐懼感便深深的印在我腦海裏，跟着重複做着同一樣的夢——我不斷的到處找尋我母親的夢。之後，在現實的環境中，凡是我不熟悉的地方，我自己一個人是不會隨便到處亂跑。想不到，移民美國後，做夢的地方轉換了，這種認不到路回家的夢感更加深了，甚至夢到我坐的士回家時，告訴司機往何處走也不知道怎樣說。家在哪裏？我真的認不到路怎樣回家了，真的很恐怖！或許這就是專家說的「夢中時空定位可轉移」吧，把童年迷路的恐懼感轉移在多年後移居陌生的美國環境中。彬，這種感覺真不好受，也懼怕得令我大聲叫作開口夢，幸得你常把我叫醒。

由此證明，強烈而具深度的夢，是隱藏在大腦細胞中，不自覺的深深留下痕跡而形成，當然也有把自己潛意識的冀求帶入夢裏，希望夢想成真。

若然因上述的種種原因，使我難於做夢的話，則日後無論是美夢或噩夢，我想「發夢」也發不成了（大腦細胞已開始衰退），或許我漸漸的都會把它忘記了。最遺憾的是我「日思夜想」，冀盼與你夢中相見的「夢」也沒有了！「日有所思，夜有所夢」是否真的？還是我思念之不足？

彬，你說，我可以怎樣？怎麼辦？告訴我怎樣才能在夢裏見到你吧！其實，從我醒後眼角經常留下未乾的淚痕來看，應是在夢中見到你，遺憾的是醒後夢中境況，一點也記不起了，現在能見到你的，只有窗前園中樹下你的「衣冠塚」了！

「夢話」連篇，下次再聊吧，就此擱筆。

祝好！

想你的 淑珍

寫於二〇一七年六月三日

新澤西州

後記：

我這種大腦細胞退化部份原因：「晚上睡眠肌肉攣縮——間歇性抽筋踢腳——干擾睡眠——不能進入熟睡——夢也沒有了——大腦細胞得不到適量鍛煉活動和調整記憶系統而處休眠狀態——記憶系統組織的功能開始衰退——記憶功能漸告消失——失憶——癡呆」，主因是長期睡眠不好，引致大腦細胞得不到自動調整活動鍛煉，而漸轉衰退，久之記憶便漸會老化消失，消失殆盡，就是所謂的失憶症，更進而為癡呆症。而做夢通常是在熟睡中，大腦細胞正處於活動恢復功能的記憶時才能有夢，若不能熟睡則沒有夢了。

第11封信：我失憶了！怎麼辦？

彬：

我真的很害怕啊！我的記憶能力越來越差了，很多時想做一件事，轉眼間就會忘記得一乾二淨！我把這種情況告訴崇修他們，看看可有藥物能幫助我，但他們卻不以為然的，還說他們有時也是這樣。其實他們的情形，只是對事情不着意，哪會像我這樣，否則，醫廠也不會高薪聘請他們了。但我自己卻清楚地知道，失憶的情況，真的越來越嚴重，也不斷加深了，我想不久之後，可能連寫信給你的能力也沒有了？那時，我怎麼辦？

一直以來，我認為，我的記憶是有揀擇性認知障礙趨向的，例如，對英文這一科、對道路名稱、對電話號碼……當時我是牢牢記住的，轉眼間就會記不住了，過一段時間更會忘記得一乾二淨。甚至見過幾次面的朋友樣貌、名字，我也是很難清楚的記在腦子裏，時間一久也會分辨不清楚誰是誰。但我對抽象概念方面的事，例如：事情的發生及演變發展過程，或人事方面的、感情上經歷過的……不自覺的卻會清楚的記得，數十年前的事，我仍會一一記得，因此，不知詳情的親友，還盛讚我的記憶力好。

據研究「腦退化」的專家說：「認知障礙病症」，即所說的「老人癡呆症」，調查所得，近八十歲的老人，有百分之二十腦序功能都會呈現有退化現象，有一些更是有遺傳基因的如「阿茲海默症」。嚴重的此症可導致患者思考能力和記憶力長期逐漸地退化，最後記憶、理解、語言、學習、計算和判斷的各種能力都會受到影響，進而引致病患者的情緒、行為、感覺、思維的惡化，直接影響到與外界的社交，日常溝通的表達能力。因喪失了一定程度的判斷及自理能力，神情遲鈍的顯得猶豫不決，傻傻的動作狀若癡呆，故以「癡呆症」名之。

主要影響腦退化的是「神經退化性疾病」，可分兩大類：

一、造成動作問題——如運動失調症。

二、造成記憶問題——如老年失智症。

基本原因，由於「普因蛋白質」轉化後不能被修飾成正常的構造，使得部份細胞失去功能，不正常的細胞更進一步改變正常蛋白質的構造，最後，這一連串的損害，就造成了嚴重的「神經退化症」或稱「庫賈氏病」、「變種的庫賈氏症」。一般來說，神經退化性疾病，很多時在細胞死亡或細胞功能停止，要經一段長時間，才有症狀出現。而這些變種的蛋白質，更可演變為多類的神經退化症，病症種類不下三十多種，其中有一種「肌萎縮側索硬化症」，不幸的可能就是我患的那種——如我在〈談夢〉篇中所說的肌肉攣縮，導致腳部間歇性的抽筋而引起睡中踢腳的動作。

不論哪類神經退化症，病因主要是腦部及脊髓細胞失去功能，腦部及脊髓是由神經元所構成，負責不同功能，例如：運動、處理信息、進行判定……由於，神經元的惡化或脊髓隨着時間而失去功能，都可能造成神經退化性疾病；也因腦部及脊髓細胞不易大量再增生，一經受損，便可能造成永久性的傷害。

說了一大堆「腦退化」專家的話，我都快變成專家了。其實，一個老人，隨着年齡增長，身體各種器官及機能的不斷耗損，或多或少腦部功能都會產生不同程度的退化，也不一定是真正患病，就算真的不幸遇上了這病變，腦退化並不是一下子就全部失憶，至於消失時間的快慢就不得而知，更因體質不同因人而異，誰也不可預料，既來之，則安之，自求多福了！

這種漸覺失憶的現象，也不是現在才開始，我知道已潛伏幾年，從最早看電視劇集，那些熟悉的電視演員，他們的名字逐個、逐個的忘記開始，最近更漸漸的連數十年來非常熟悉的股票號碼，也一個一個的記不起來了，認路的方向感自是更差，當然，自覺這些也不是甚麼重要事情，記不記得也罷，故並不着意放在心上。

直至數月前在香港連續發生的二件事，這些事情如換在以前，我一定不會忘記的，但現在竟然可以把不久前曾經做過或發生過的事情忘記得一乾二淨，在短短的半年時間裏竟然連一點痕跡也記不起了，只覺腦中茫茫然空白一片，看來，你走後這段時間，我失憶的程度，真的加深了、加快了，也嚴重了。

現在我的腦子經常不時的感覺疼痛，我真的很怕這種頭痛，我感覺到當每一次頭痛過後，我又會忘記一些事，我記憶到的事情又會減退一些。

往往我想專注思考一些問題，或回憶以前的事時，我的腦子也在不同的位置下，不斷隱隱作痛的敲打着我，那種不是頭痛欲裂的大痛，而是像小偷四處流竄慢慢吞噬我記憶的痛，痛過後，我的失憶症狀又加深了。

影響所及，漸漸的，不但以往的事我回憶不到，甚至想寫一些常用簡單的字，也往往執筆忘字，很熟悉的文字，突然間也會模糊不清，怎樣也想不到，如此繼續下去，我以後不知再能做甚麼？現在還可以把近期這些事情寫信告訴你，相信不久之後，我連怎樣寫信、怎樣表達自己也弄不清楚了。天啊！那時，我將會怎樣？

幸好《珍收百味集》早在一年前撰寫完成，七十多年的陳年往事，那時只憑記憶，仍能清晰的記憶到，也能把每一段時間的心中感受書寫出來，幸虧能完成此書，「它」是我一生的寫照，倘若日後我真的全失憶了，我的人生也不致於空白一片！若換了今日我才執筆撰寫，可能很多事我也記不起怎樣寫了。

彬，老實說，我可不是一個性格豁達的人，也不是一個像你那樣能隨遇而安的人，移民美國後，我的心情一直是忐忑不安，也不知自己想怎樣，未來也不知何去何從，現在更害怕日後老人癡呆了。那時我會怎樣？兒女又會怎樣？

唉！20%腦退化的機率也偏偏選中了我，那又有甚麼辦法？惟有盡人事，安天命，過得一日就是一日了。或許上天憐憫我、愛惜我、保祐我，早蒙祂眷顧寵召，瀟瀟灑灑的能與你「相聚」，那我就真的「阿彌陀佛」，幸運的免受他日諸種痛苦了！願天保祐！

彬，你可有同感？惹來你傷感了，也許你亦如我一樣，為我的未來感到很難過吧？你得保祐、保祐我了！

下次再聊吧。祝好！

淑珍

寫於二〇一七年六月十日

新澤西州

第12封信：川字掌

彬：

「川字掌」是掌相學的一種專有掌相名稱，顧名思義是專論掌內的三大主線理智線（頭腦線）、感情線和生命線。這三大主線都是獨立分開互不相連，而形成一個川字，故掌相學家稱這種掌紋的掌為「川字掌」，其實有此掌紋的人並不多見，有人是單掌川字，也有人兩掌都是川字，而我湊巧左右手的掌紋也是川字形，也因此故，更加深我對這類掌相書籍的研究。

面相學家說「相由心生」，人的命運，無論富、貴、貧、賤，一生運程可從面形各個部位的好壞而預作判斷。掌相學家也說，透過掌中各種不同類別掌紋所顯示出來的掌形，也可反映掌中人一生的性格和定向，及以後的際遇……，是否真是如此？則有待事後分曉了。我就是一個最能反映「川字掌」性格的人，至於際遇嗎？老實說，任何人都不能預測，我認為只能「自求多福」，有待上天的旨意了！

據掌相書記載，具有「川字掌」掌紋的人，感情和理智，處事獨立性極高，感情上和理智上的事情絕不會糾纏在一起，多是自信心大，主觀強，輕率武斷，不容易接納別人意見，對人對事都非常認真，往往有獨斷獨行的傾向，對於別人的能否認同、是否欣賞，他可不會在意了，更不會加以理會。這樣的性格是好？是壞？不能一概而論，看時代變化因人而異了。

在古時若男性擁有「川字掌」，以男性為中心的社會下，他們在處理事務上不會因做事的獨斷獨行而受到阻礙，成功的例子往往也很多，因而男性擁有的「川字掌」自然被認為是「好掌」。但「川字掌」若換在女子身上，由於性格獨立，喜歡多出主意，因而難得丈夫認同及家人接受，對丈夫也難免造成壓力而影響婚姻，自不容納於那個時代的社會，有極多負面評價！更有手若是「川字掌」的女性屬「多婚」之傳說。

現今社會，時代不同了，女性可頂半邊天的風氣下，也有很多外出工作為高官的女強人，女性思想性格獨立並無不妥，更因在高壓力競爭的現社會中，丈夫反喜歡有一個思維夠獨立的妻子在旁協助，可以減輕自己思想壓力上的負荷，更可一同外出工作，幫助家庭經濟上的支出。

時移世易，更有新的掌相學專家說左右手若都是擁有「川字掌」的人，是主大吉的，女性若擁有「川字掌」是好事情，雙手川字掌的被譽為「左川事事福，右川累累金」，是亦福亦貴的另一種讚美的說法，是否如此？不得而知了。

以上說的種種，既是前人經驗命理、掌相之談，自有其依據之處，是讚、是貶也不必深究了，我只是想從我自己擁有這一雙「川字掌」的真實案例，來分析一下我的親身感受及事實真確以作印證而已。

我的兩手掌紋，除了看出是典型的「川字掌」外，手掌是超薄而紋理不清晰，更是非常凌亂，或許真的代表我的人生，是那麼變幻莫測，難於捉摸吧！尤其手掌皮膚如此超薄，可說是一雙極不適宜做粗糙家務的富貴手，但從小至今，我的「終身職業」卻是一個不折不扣不停操作家務的家庭主婦。其實就是我因何自小有「主婦手」的原因了。

我的掌紋異常凌亂，那只代表我的心思複雜而已。看來還是你的掌紋清晰的好。——你有長長直達至手腕的生命線，那代表你的長壽應無疑問；你的感情線和理智線雖有部份相連，但你的感情線較深刻而偏長，顯示出你的性格是偏重感情的，你的確也是這樣啊，不像我心思複雜，亂七八糟的混亂到連自己也弄不清楚自己究竟怎樣的一個人！

我認為一個完整掌相看法，除了看掌上的紋理外，更應該要全面參考標準掌紋的粗細深淺、紋的長短走向，及掌的厚薄、色澤、軟硬程度，才可以全面概論，否則單憑一部份是很難判斷準確的！

說實在的，人生漫長，也不能單憑手上那幾條掌紋便能預知未來吧，加上後天修養上的改變，當中更易有偏差。就以我掌上的「生命線」來舉例吧，我的生命線末端僅長至掌中心，若依掌相書來說，絕非長壽之人，應是四十不到，現今我已七十有五了，算來也該屬不短壽。

又我左掌有一條很明顯由手腕直達中指的「事業線」，依掌相來說我應該是一個事業頗有成就的人，但慚愧的是，至今我仍一事無成，更不知事業何在！妙的是，在我雙掌無名指的下方都有一條很明顯的「太陽線」又叫「成功線」，是「事業線的輔助線」，據說，擁有此線的人，可輔助事業更易成功，我連有甚麼事業也不知，何來輔助？也何來成功？真滑稽！是何所指？是否費解？

有人說「面相隨心轉」，是否掌相也是一樣，是會「掌相隨命轉」？但我卻不覺得我的掌紋有任何改變。或許我的掌相不依常規？又或許我懂得的僅是掌相書中的一鱗半爪，見解不深，自不會明白。只是舉例言之而已，冀望日後有緣當請教於掌相學專家，給予解答！

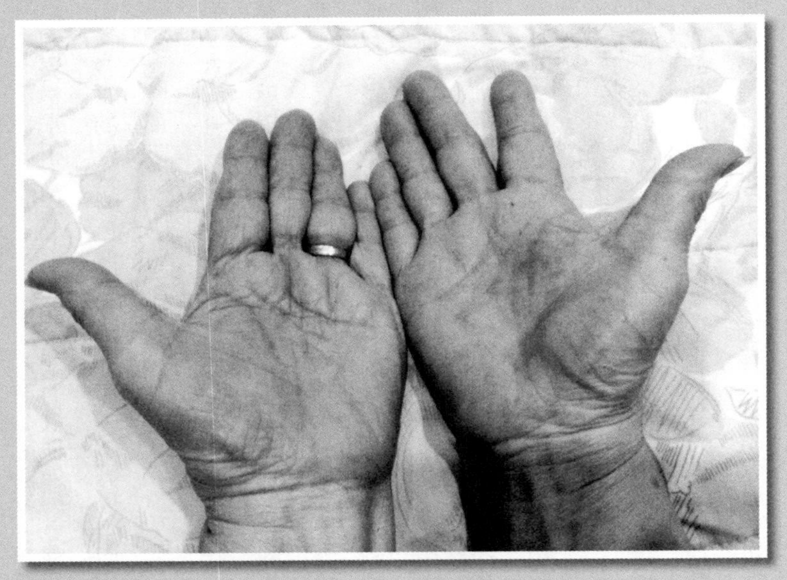

左右手都是川字掌的女性，她們把對丈夫的愛及關懷全都放在自己心靈深處，不輕易表露出來；凡事有主見，性格剛強欠溫柔。
「川字掌」的人通常都是父母緣薄又天生「勞碌命」，若真有來世的話，但願我不再是一個「川字掌」的人！

不過，有關「川字掌」擁有者的特性，表現出來的性格，舉出的種種事例，卻是靈驗非常，箇中例子亦不由你不信。你常說我的脾氣很倔強，不會聽取別人意見，見事非黑即白，毫無中庸之道，是沒有灰色地帶而任性的人，並取笑我這種臭脾氣若是當政界掌權高官者，這種性格必死得人多，亦只有你才容忍得下我，其實這就是掌相學中提到「川字掌」的人的一般性格。

專家強調，左右手都是川字掌的女士，她們把對丈夫的愛及關懷全都放在自己心靈深處，不輕易表露出來亦不會隨便宣之於口，再加上凡事都有她自己的主見，性格硬繃繃的缺少溫柔的一面，浪漫情趣自然較少，我想，我也是如此吧？這一點說得真可圈可點，發人深省，從小我就是一個性格活像上述的人，根本更不懂得妻子對丈夫的態度應如何表現溫柔，只認為自己所做的一切，甚麼事都已替丈夫着想，總以他的想法為依歸，那已足夠，往往做後也只隱藏於心裏，不用事事的說出來，表面看來性格上反而活脱脱的類似男孩子，這樣自然很難扮演小鳥依人的溫柔妻子角色，那丈夫又何來溫馨浪漫情趣。

彬，我想你亦必有同感，覺得他們說得也很對吧！記得以前我也常會覺得你是一個不懂得體貼妻子的丈夫，生活上更無浪漫情趣可言，如此說來，問題卻是出在我身上了！我想，做丈夫的都希望有個懂浪漫情趣的妻子吧！你對此可有感到遺憾？沒有辦法啊！是性格使然，誰教我本性如此，彬，我想你不會真的怪責我吧？

也有專家說，「川字掌」的人通常都是父母緣份淺薄的，而且更是天生「勞碌命」，這點我非常認同，就以我自己為例子吧，想我一歲不到，父親便逝世，相依為命的母親更不幸在我二十歲還未到的時候也因病而過身了，自小孤苦伶仃，與父母真的是緣慳福薄了！或許真是性格使然，甚麼事不自覺的也總愛攬上身，而不會放手的交與別人，總是無事找事做的不能停下來，你說不是辛苦的「勞碌命」，那又是甚麼？想來，真的笨得要死，自找辛苦，何苦呢？只得再說一次：「沒辦法啊！誰教自己性格如此，命運生成！惟有認命吧！」

若真有來世的話？但願我不再是一個「川字掌」的人！

下次再聊，祝好！

不懂撒嬌的妻子　淑珍

寫於二〇一七年六月十四日

新澤西州

第13封信：也論生與死

彬：

人生不過百年，無論光輝燦爛，還是寂寂無聞，數十寒暑之後，也是隨歲月而消逝，生、老、病、死，無一幸免，正如你以前談論及「生」與「死」的一文中，認為世上最公平之事，莫若出生之際，均光着身子呱呱墜入繽紛的人世間時，最值得懷念者，當是懷胎十月，誕生孩子時痛苦的母親！俟死閉目之時，只賺來一身衣服，與一副不同價值之棺木而去，整個繽紛色彩的世界亦從此落幕。「死」後尚能留存的價值，卻因每人所作的「業」不同，而「果」亦異，蓋其情性全由自己作主之事，予人憑其終生「作業」所展示之善或惡，而永留存於人間，其最可貴得以受人尊敬紀念者，當在「蓋棺論定」之日，供後人鑒定評論而已，你這些論點，我是非常認同的！

彬，你在終結篇中說及自己：「人生在世歷盡不少時光，走遍過不少道路，也做過不少事情，正如東坡所說的——鴻飛那復計東西！而人生亦總有閉幕的一天。」又在二〇一五年第三度回港後，你亦寫了：「此次回美之後，休養多病的殘年，惟尚望生命在臨終時能安詳而閉幕足矣！」

記得，二〇一六年九月七日移民後，我們第四度由香港回美國，第二日中午崇修帶你看完醫生後，食了藥止了咳，也再沒有嘔吐，那天你很寧靜的睡了整個晚上，是近期難得的睡得那麼好！直到翌日還是迷迷糊糊的半醒、半睡着，我不知你是否太疲累或真的想睡，所以一直在旁靜靜的陪伴着你而不想真的弄醒你，到下午你醒了，只是細聲的要我拿一些凍的營養水給你飲，但那時你已無力用吸管自己飲，而要我餵你一口一口的慢慢吞下。臨終前一刻，你終張開眼睛注視着我，我不知你那時在想甚麼？或許那一刻你想對我說：「珍，我支撐不住了，我要走了，請原諒我不能再陪伴你！」不一會便無言的遽然而去了！從你走後眼角尚留下的淚痕，我知你在走前的一刻，是極不捨得離開我的。那時正是下午三時正，圓元剛放學回家，小小年紀的她，也知最疼愛她的爺爺走了，在床邊哀呼爺爺數遍，也沒有回應，爺爺真的走了！看她最後目睹五福的工作人員把你包好運走時，她直追出街外，默默無言、依依不捨的黯然目送情景，令人傷感，也使我心酸難過！至今這個情境仍縈繞在我心裏，淒然的停留在我腦海中！

你由睡醒至閉目而去前後不到二十分鐘的時間，就離開了這個色彩繽紛的世界，你的人生終於落幕了！你唯一盼望在生命臨終時能安詳而閉幕的祈求應當是如此吧！我想你應無憾而於願足矣！你的福報真令我羨慕！

彬，很奇怪，告訴你，你走後那段時間，有幾位與你一同在桂林街或農圃道的老同學、好朋友都相繼離世了，在你之前的有黃祖植先生、列航飛先生，在你走後的不久宋敘五先生也跟着走了，英國的好友杜德橋先生也因發現腦癌後，只是二個月的時間也逝世了。還有，李啟文同學轉告石磊先生在加拿大老人院亦辭世了，而居住在加拿大溫哥華的陸耀光先生在今年十一月二十五日亦走了。這一連串的桂林街老同學，很湊巧好像不約而同的在這段時間與這個世界先後告別了，在天邊的另一角，你們有否相約見面？加上以前先後逝世的好友楊廣田先生、胡詠超先生、逯耀東先生、李杜先生，孫國棟先生……我想，你的老同學已走得近大半了，只能嘆一句「人事有代謝，往來成古今」，令人不勝唏噓！

彬，你走後，我的日子每天都是昏昏沉沉、渾渾噩噩的過，甚麼也提不起勁，像不屬於這個世界，外面的世界也像與我無關。我沒興趣跟他們一起外出遊玩，總覺自己會阻礙着他們；也不願意自己單獨一人出外活動，落落寞寞的一個人在異地的街道上漫無目的走動，多無聊！沒有你在身邊陪伴，漫漫長長的日子也真難過，心也很累啊！

一向以來，我在你和兒女心目中的形象是很獨立及堅強，不會動輒下淚，在我母親逝世後，我的性格就變得如此，也許只是着意的保護着自己吧。一個沒有娘家關注着的孤女，處身在一個大家庭中，若想不受欺負，一定要維持着有自己存在的價值，只能堅強的武裝着自己了，其實長久如此，也是令人頂覺得疲累的，後來竟然漸漸地也變成了習慣！

自你離開後，我的精神像崩潰了一般，再也無力繼續支撐了，實在的，我真的覺得太累了，也堅強不起來，我的感情變得很脆弱，也像林黛玉附身的多愁善感，心思混亂得很，動不動便傷感下淚，真不像以往的我。或許以往的我已隨你而去，現在的我，已像不認識自己了！

也來學學你論論「生」與「死」這個問題吧，我認為這是頗具爭議性的，例如：像現在的你雖已死了，但你的一切依然「活」在我心中！而我現今的身軀雖然仍是活着，但心卻隨着你而「死」去了！正確的說，在你心中的我也「死」去了！又例如：有些人每日像行屍走肉般的生存活着，但活得卻像醉生夢死的毫無作為、毫無意義的，這跟「死」去又有何分別！反之有些人雖已逝去，但留下的事蹟卻永遠「活」在後人心裏，受後人的歌頌、讚揚、懷念……如此說來，這「生」與「死」究是何所指？更是何定義？誰是生？誰是死？一時間真弄不清楚，自己也感覺糊塗了！

一般認為「生」是可喜，而「死」是可悲，我想也不盡然吧！人生變幻莫測，誰喜、誰悲，誰也不能替他作定論，只有當事者才能親自感受到，或許是活得開心，活得有意義，臨終能瀟灑無憾而去，能如此才是值得「可喜」，更沒有所謂「可悲」，那才是真的美好人生！

滿紙荒唐話，不說也罷。就此擱筆，下次再聊吧！

淑珍

二〇一七年七月二日

新澤西州

第14封信：《珍收百味集》

彬：

前些日子我寫給你的信都是偏向傷感而消極的，今日我終於有個好消息告訴你；《珍收百味集》成為二〇一七年第一屆香港出版雙年獎中「圖文書類——十大出版獎」之一。

璐璐傳來皇冠出版社轉來的電郵説及他們早前提名了《珍收百味集》參加第一屆香港出版雙年獎。

大會經多月的籌備，已於今年年初舉行的初選中，邀請本港四十間出版社派出資深專業代表，從各個獎項類別中選出得獎作品，五月下旬再經由兩岸三地專家組成的決選評審團審議，從每個獎項類別中選出首屆香港出版雙年獎的得主，很高興的《珍收百味集》成為「圖文書類——

出版獎作品」之一。

大會邀請各得獎者撥冗出席頒獎典禮，同申慶典。我和美璐都不在香港，屆時只得請「皇冠」做代表出席領獎了。

記得去年（二〇一六年）蔡瀾先生於九月二日在西營盤「長春社古蹟文化遺產保護資源中心」為美璐籌劃開的《珍收百味集》插圖書畫展，所以新書一定要在八月底便要排版編印完成，去年這段時間我在美國「繼圃齋」電腦機前正忙着幫皇冠傳來的稿件做最後校對工作，而你亦默默在我身邊練寫書法陪伴着，想不到二個月之後，你便離我而去了！更想不到一年不到的時間突然傳來此得獎消息，真不知是喜還是悲，心裏更倍感唏嘘不已！若你仍在的話，相信一定覺得很高興，現在我只能遙遠的送給你這一份難得又意外的出版獎項當禮物了。

《珍收百味集》得以成書也是頗為偶然，這當有賴蔡瀾先生向皇冠出版社美言促成，亦幸得美璐不計酬勞的大半年來為文稿插圖加強人物動態，因而令此書生色不少。近年來我本屢想效法你試寫「七十雜憶」之類的自傳，其實只是想記錄起自己一生的點滴留痕舊事而已，沒有冀盼出書之念頭，蹉跎歲月下也遲遲沒有動筆，可以說「只聞樓梯響，不見人下來」，所以在二〇一五年十月蔡先生來電郵徵詢後，我毫不猶豫的答允了。

既然是我的人生記錄，我當以真誠、坦率的一一記敘，真實的寫上自己一生的故事，也因此故，問題來了，當我寫完童年前一段故事後，便幾乎中斷而推辭不想寫下去，那是因你的緣故！至於後來卻在半年不到的時間內快速完成此書，原因亦全因為你。此書成書與否，可套用一句「成也蕭何，敗也蕭何」，成因全繫於你身上了。

你記得嗎？當我寫到學校沙田旅遊時，我兩人在火車上握手結緣那一段，無意中給你看見，你煞有介事的表示我不應該把兩人這段私人感情之事寫出，是覺尷尬吧，有點不想我寫的意思，我真的不明白，也非常不高興。我不明的既是我的一生事蹟，當以事實真相寫出，若是處處顧忌着，這樣不能寫、那樣又不能寫，那我以後怎樣繼續寫下去？縱使可完成，如此寫來對我又有何意義？我要忠於自已，也是對寫作的一種尊敬。

我的不開心、不高興是感覺到結婚五十多年後的今日，你仍是耿耿於懷的介意着——我們認識的經過。不要說在現今這個開明時代，就是以前，男未婚，女未嫁，真心相愛，無損於任何人，我從來也不覺得有何不妥，你這種表示態度，真的太保守了，也迂腐得很，令我覺得自己有一種見不得光的樣子，更感覺到自己一生過得很委屈也太窩囊，替自己不值（我是一個情緒很敏感而觸覺敏銳的人），既是如此，我也不想寫了，一怒之下，便叫美璐代向蔡先生推辭不寫下去。

經過數天，你終於拗不過我，或許已想通了吧，有些歉意，更有些委屈的說我誤解你的心意說：「你這個人，真的好勝，固執得很，自己決定的事，是完全不肯接受別人提供意見，我只是稍為表示一下我的意見，不接受那就算了，用不着動不動就發脾氣隨意的說停止不寫。我以後再不管你了，你喜歡怎樣寫就怎樣寫好了。」其實你的意思是不想我中途停止，亦希望我能繼續書寫完成。幸而美璐這幾天正在猶豫不決而尚未向蔡先生推卻，因此我仍如前的繼續寫下去了。我想，你是熟悉我的臭脾氣，只要我認為是對的，是不會有任何改變的，若隨意改變，那個就不是真的我了。

其實我知道你也很欣賞我書寫時的放膽、坦率言論，藉文字以舒懷寄意的書寫作風。舉一個例子說，是寫去台北探訪錢老師故居「素書樓」那段〈故園風雨後〉，描寫當日所見情境及心中積結很久的不解情懷，及對台灣當局不滿的諸多評論，當時美璐深恐如此大膽的論點，會否惹來日後的「秋後算賬」？也怕連累及你台灣任教職的學生，所以數次建議我把這段刪掉，但你卻堅持要我保留，並說有關這些論點的都切不可刪去，說是書中重點，也是賣點之一。其實錢老師臨終前被逼他遷，「素書樓」的事件，你心中早有不平，一直耿耿於懷，只是借助我的文字，來表達你心中意見而已。由此更可見你是欣賞我坦率的寫法，或許我只是「初生之犢不畏虎」

的原因吧！

既是這樣，我也管不了那麼多了，取消與否？刪除或不刪除？留待皇冠編輯部自行取決吧，幸好「皇冠」一字不減的仍照原篇保留着。你說得也對，此事件多年後已經台灣官方「平反」，且馬英九總統在錢老師逝世二十週年的追思會上，已親自向錢師母道歉，那又怎會有秋後算賬之事！

話說回來，二〇一五年聖誕開始至二〇一六年八月那大半年時間，美璐本是想休息半年，不接工作，剛好她利用這個空檔替我的書作插圖。我在美國寫稿，她接到傳來的稿子就畫，畫好後又傳回給我看，互相傳送，一幅接一幅的不斷畫着草圖（她的黑白草圖很傳神）傳來，也越來越有興趣。她畫得很快，甚至連和家人出外旅遊時也不忘在途中作畫，所以當我剛寫完全書時，她的一百四十多幅黑白插畫草圖也全部同時完成了。兩個月後漸染上色彩的一百四十幅正式插圖就躍然印於書上了。畫展中展出的只是其中的一百二十幅而已。

我記得，皇冠出版社原是沒有規定日期要我何時完稿的，蔡先生或是照顧着我初次執筆吧，老實說，近一世紀的遙遠歲月，回憶起來，千頭萬緒的，真不知從何處開始，也需時間加以整理思維。但後來看見你那麼興趣盎然，看着美璐傳來的黑白插圖草稿，每日在 iPad 機前期待着，熱衷的等待着女兒有新的插圖傳來，看在眼中，不覺有點黯然難過！

我想你是熱切期待在有生之年能目睹此書，若依我初寫進度，緩慢若此，則不知何日方能完竣！有想及此，真怕你會等不及了，惟有不管寫得如何，寫得好或壞全不管了，只是着意的把記得的、想到的統統都寫下，更把每個時代所見、所聞、所感，好的、壞的、對的、不對的或感人的全都寫上。往往在寒冷更深人靜的時候起床靜靜寫，在寂靜的半夜裏，更易回憶起以前如煙如夢一幕幕的，是喜、是悲、酸、甜、苦、辣百味交集的前塵往事都給我一一寫上了，想不到半年的時間，竟給我寫了超過十萬字，全書也總算初步完成了。

是你促使我寫得那麼快，《珍收百味集》最早出版的「樣書」，剛好讓你在香港「威爾斯親王醫院」看到，也真的趕及在你有生之年的最後時刻看到了！

好了，不寫了，再寫下去，恐怕我的心情又會沉重下來了。

下次再聊吧！祝好！

淑珍

二〇一七年七月十日

新澤西州

第15封信：大食會的回顧

彬：

看完二〇一七年三月份《新亞生活》盧達生先生的投稿，他轉載了你在《七十雜憶》中提及維持了數十年仍繼續保持的新亞書院校友「月杪茶敘」的短文後，不禁讓我想起以前孫國棟先生、唐端正先生、李杜先生、逯耀東先生、孫述宇先生和我們六家人在一起相聚的大食會熱鬧情況。

我們六家人大食會的聚會與你們「月杪茶敘」性質不同，「月杪茶敘」是你們新亞書院歷屆不同系別的校友組合約定參加，每逢月底舉辦一次的聚會，校友藉此茶敘相約見面，隨意的談談天、說說地、敘敘舊的亦一樂事，想不到竟然能維持數十年，直到現在仍然能夠繼續保持着，實屬難得！而我們的大食會是六家人攜同妻兒一同參與的旅遊聚會，是六家人假日相約課餘時間與孩子們一起玩耍的家庭式聚會，也能維持多年，亦屬難得。

不記得從甚麼時候開始，大概七十年代中吧，我們六家人，不論屆數、系別、年齡、男女、連孩子們一共二十五人，一年之中，總有幾次相約在一起的旅行和飲食的大聚會，大人和小孩子分開的坐，剛好坐滿兩大桌子，這種大食會的熱鬧相聚，一直保持了很多年，直到孫國棟先生移民美國、逯耀東先生回台灣任教才停止，其中過程點滴也甚為有趣，現今回味，數十年的前塵往事，猶歷歷在目，惜人面已非，使人不勝唏噓！

孫國棟先生、逯耀東先生與你同屬新亞書院歷史系，而唐端正先生、李杜先生則是哲學系、孫述宇先生是英文的翻譯系；除逯先生是農圃道新亞書院研究院同學外，其他的各位都是桂林街時期的老同學。後更因同校為同事的原因，有同學這種深一層關係，所以同事間來往便多了，因此經常聚會，孩子們自小同在一起玩耍，更覺熟落。

記得，最初的時候，我們多是相約往新界郊區旅遊，每次一大群人早上浩浩蕩蕩的乘搭公共交通車輛前往，沿途真的很熱鬧，難得的在假日大家無拘無束的自由活動出外走走，孩子們一齊在車上相見時間長，也易於溝通，一下子便玩得很開心。其後陸續的二位孫先生及唐先生、李先生他們都各自備有私家車，只是逯先生和我家仍沒有，不過每次仍然可安排分別坐在他們四架私家車裏，這樣孩子們玩得就沒有以前那麼容易熟落了，每每正當他們玩得最高興的時候，差不多又是要各自分手回家了。看來，這就是有車的人與沒有車的人同處一起的分別，由此，不禁令人聯想起以前的家長對兒女婚姻要「門當戶對」之見解，細味體會之下，想來亦不無道理。

回想起來，我們當年那群孩子真乖，也很守規矩，雖是一大群十多個孩子同在一起玩，但從不見他們吵鬧或不和，亦不用擔心他們自己到處亂跑，總是很聽話的大家圍着在一起玩，所以各家父母都不需要特別照顧他們，只是偶然點數一下自己的孩子人數是否齊全便可以了。不像現在的孩子，意見多多，太活躍頑皮的難於看管，難怪現今的人不願意多生孩子，或甚至結婚後也不會生小孩。

我們的旅遊地點多在郊外，甚麼地方也不記得那麼多了，反正目的都是出外活動筋骨，散散心，方便同在一齊遊樂而已，所以在甚麼地方也沒關係。每次一天的旅遊行程，多是由早上至下午行走了大半日後，疲倦了，便在附近的酒樓停下休息，並準備在該處吃晚飯。飯前大家也會坐下閒聊或玩些簡單的玩意，如十點半、話事啤、搖滾骰仔鬥大……每年除了新年一次例外特許下，小孩子是不容許玩賭錢的玩意。

有一年的新年聚會，難得的孩子們有機會圍着在一起發新年財，崇修幸運的贏了十元不到的錢，卻慎重的收藏在蔴雀枱的小櫃子中，到急着跑去吃晚飯時，不記得取回，回家後才記得，所以一直的記掛着。直到下一次我們又在那裏聚會了，他仍不忘記的在各張蔴雀枱的櫃子裏找尋，希望能尋回他的失物。看在大人眼中覺得他有些傻氣，或感到是小孩子的一樁趣事，但對一個只有幾歲大的孩子來說，幸運得來的東西，轉眼便消失，自會覺得不舒服而耿耿於懷了。其實此事對他來說，我卻認為是一件好事，是陪伴着他成長中的一件好事，藉着這一個小小的教訓，警惕他以後做事不要太大意，否則損失更大了。

孩子們的趣事也真多，彬，你記得嗎？我們每次雖是六家人的聚會，但最後付賬卻是分五份的，其中有一家是「白食」，不用付錢結賬「白食」的那家是由「畫鬼腳」來決定，新年時「鬼鬼」聲這名字不好聽，所以在新年時會改用「新年行大運」這名稱來替代。「畫鬼腳」的規則很簡單，在一張紙上畫上六條線，在其中一線的下端寫上「白食」兩字，跟着遮掩着線的下方，上面六家各選取一條線，各人可隨意在每一條線中間加上不規則相連的上下短橫線，決定後每家便沿着自己的線往下行，朝着有橫線相連方向移動，每格下行，最後直達「白食」那處，畫到「白食」的線那家，那次便不用付錢而真的可以「白食」了。

其實，畫到「白食」的一家，亦不是不勞而獲的，他們要準備籌劃下一次的聚會，時間、地點、通知及準備下一次沿途的零食、計算消費……所花的功夫和時間也不少。

有趣的事，每到結賬「畫鬼腳」的時候，也是孩子們一日最緊張的時候，他們本是一起同玩不分你我的，但這時卻像各護其主的，一齊團團轉的圍在自己父親身邊觀看，聚精會神的，像球迷看競賽入波的那麼投入和興奮，都希望自己的父親能選中，取得「白食」那一欄，這種情況看來真是有趣得很。從孩子這種小小年紀的表現反應來看，親情的維繫確是一種非常正常的舉動，在重要關頭保護自己家人也是一種極自然反應現象，從孩子時候便可以窺見，實屬人之常情。

往事如煙，轉眼間又數十年了，孩子們都長大了，各自成家，亦各有他們的天地。歲月不饒人，我們這老一輩的，前塵往事真的不堪回首。屈指一算，我們六家人，孫國棟夫婦、逯耀東夫婦、李杜先生、及你都先後走了，當日圍坐大人一桌中的十二位，現今只剩餘一半了，回想當年盛況，教人感慨萬千，亦不勝唏噓！

餘下的六人中，孫述宇先生據聞已離婚多年，我們移居澳門後與他多年未見面，回港亦從沒有聯絡，李嫂與女兒文叡住，一切生活如常，至今我與她亦常有電郵往來。我們六家人，現今算來還是唐端正先生夫婦是我們中最幸福的一對，聽你去年提及唐先生和唐大嫂今年剛好是結婚六十週年的鑽石婚了，跨過半個世紀，能維持婚姻六十年的夫婦多難得，也頂不容易啊！實可喜可賀！也真教人羨慕！

唉！惆悵得很，我們倆人今生已沒有這個機會了！

下次再聊吧，就此擱筆，祝好！

淑珍

二〇一七年七月二十三日

新澤西州

第16封信：誰惜父母心？

彬：

常聽到「養兒一百歲，長憂九十九」這個老生常談的道理，是歷久不變的，我相信從母親懷胎十月，到嬰孩呱呱墜地開始，為人父母的都會有這種心態，都會感受到事實真的如此，想你也不會例外！我知道你患病後期的一段日子中，仍是放心不下的事事替兒女們每一個都擔憂着！擔心他們的健康狀態，擔心他們的工作是否順利，擔心他們的生活過得開心不開心……事事你都仍操心着。希望孩子們都能明白你的心意吧。

其實，為人父母的，從孩子誕生的一刻開始，首先注意的，不是男或女的問題，而是孩子的發育狀況，身體是否正常？其次當然是看嬰兒樣貌長相怎樣？是否漂亮？繼而又擔心他們以後能否繼續健康成長？學習、智力發展……跟着孩子漸長大了，除了上述諸如此類的問題外，更替他們未來的學業、事業、婚姻的關口能否闖越，過程是否順利而事事操心着。

錯覺之下，使人覺得生孩子是否等如自討苦吃，所以近代的年輕夫婦也不願多生小孩，多亦是僅生一個即止。他們不喜歡有孩子，主要是怕孩子頑皮吵鬧，現今的人動不動談論養大一個孩子需儲備四、五百萬港元那麼多，其實只是一個藉口而已，若真是這樣，那時我們根本也沒有資格生孩子了，更何況是四個，「船到橋頭自然直」，也不用計劃得那麼多吧！

我想他們不敢生孩子，主因是不喜歡小孩子，其次是對自己帶孩子的能力缺乏信心，也不想生了孩子之後，受孩子綑綁，怕失去了自由，不過，想深一層，若人人自私的都有這種想法，都不想有下一代，那人類不久也將會滅亡了，想想也覺恐怖，此觀念真的要不得！

其實，當你投入孩子的思想世界裏，你會發現養育孩子的過程是頗為有趣的，孩子也是一個家庭快樂幸福的源頭。彬，想你也記得吧，美璐在《珍收百味集》中有一幅是描畫我們居住在美善同道的插圖，當中的插畫是我們一家人的平淡家庭生活寫照——圖中有兩個孩子乖乖的在桌上做功課和讀書，大女兒則自得其樂的在鋼琴前練琴，我剛弄好晚飯等你回家，見你提着沉重手提包入門的時候，神情雖疲倦，仍不忘帶回一盒蛋撻給孩子們分享；甫入門便看見剛學會走路的小兒子，像知道父親工作辛苦，記掛着父親，早早拿着父親的拖鞋在等着，看見父親入門，便歡快的跑到門前迎接你。我想，你那時一定很高興，一日辛勞也會隨之而自動消失吧。畫中意境多寫實、多細膩、多有意思，家庭之樂描繪得也多溫馨！可以說，孩子是維繫夫妻間感情的泉源。

真的，沒有孩子的家庭，家中靜悄悄的，缺乏「生氣」，夫妻間相對日子久了，日日如是，雖是恩愛夫妻，日久，話題也會漸減，家庭生活相形枯燥，長久之下，勢必影響夫婦日後感情，可以說，一個幸福的家庭，靠孩子的維繫是很重要的，有了孩子，才可說是擁有一個完整的家。

言歸正傳，雖說父母對子女的付出是永無止境，我個人認為孩子成長過程中，人生路向成功與否，除了父母在他們身上付出無限精神及金錢外，還要靠他們自己的努力爭取及具有後天的運氣，得天時地利人和的際遇融合方可造就，所以父母們真用不着替他們事事作安排，也不用過份憂慮，事實上，他們已長大了，父母亦不能替他們真的每事解決；而子女亦不會完全接受你的安排，未來的展望，學業、事業、婚姻……也只能隨緣了！成敗得失那得要看他們自己的選擇、際遇和造化了！

我相信父母能做到的事，除了使他們有健康體格、良好的教養外，最重要是注重他們的學業問題，他們小時像白紙一張，甚麼也不懂，父母當然要慎重的在旁加以提示，盡可能的供他們多

那時的生活，可謂淡泊自甘，無慾無求……

畫中意境多寫實、多細膩、多有意思、家庭之樂描繪得也多溫馨！可以說，孩子是維繫夫妻間感情的泉源。

讀點書，多些讓他們認識外面世界，以期學有所用，務求替他們找得一門最貼身而掉不去的隨身技能，這當比後期父母辭世後金錢的多多遺贈，更為實用、更為有價值了。

彬，這個觀念，我兩人是一致的，所以不論在任何環境，生活怎樣艱難困苦，我們仍是盡可能的就孩子們性格喜好，要他們多點讀書，雖不若你祠堂對聯所寫：「萬般皆下品，惟有讀書高」的偏重於讀書，也希望孩子們在學習過程中多增長些見識，從中獲得一技之長以作日後傍身之用。

供孩子讀書的事，已是陳年往事了，事情也過去了很久，他們幸運的也算各自尋找到適合自己的事業。現今回想起來，美璐、崇修他們在英國讀書的日子裏，小小年紀便要他們離家往外國讀書，自己又不能就近照顧，除了擔心他們遠離親人不習慣、孤獨、寂寞、日子難過，更驚怕他們一時交友不慎而會學壞，其中對兒女的種種牽掛、忐忑不安心情、滿腹辛酸，真不足為外人道，就是現在我仍是一樣分辨不清楚，當時的做法，是「對」還是「錯」？

最近重新再看你收藏着一大綑美璐在英國讀書時她寄回家的書信，除了初到外國時有些興奮，其後在信中不時的訴説着她孤身一人，身處遠地就讀的思家、孤獨、寂寞、無助、徬徨、苦悶、不習慣異地生活……淒淒慘慘的而屢想回家，那種離家不安情緒躍然紙上，至今仍令我看得心酸難過，沒辦法啊！那時經濟上真的不能負擔高昂機票的支出，讓她假期經常回家。若讓她真的重回香港就讀，她將來的前途又會怎樣？回想起來，我倆真的非常殘忍，心情也不知當日怎樣熬過！

我們的四個孩子，崇尹、美璇、崇修在香港的環境讀書，相信絕對沒有問題；美璐性格偏好音樂和美術，這些都是被香港視為閒科的科目，是不受重視的，我們害怕她將來在香港不能登入大學之門檻，也不想埋沒她本身才華，思量之下，只好及早送她往外國讀書，希望外國注重的科目比較全面，在新的讀書環境下，讓她有發展空間，冀能發揮所長。剛好學校教職員送子女往英國讀中學有部份教育津貼，可以補助一部份學費，餘額學費自己也算勉強負擔得起，於是忍痛的在她十五歲那年便提早送她去英國唸書。初時她很是高興，也是她夢寐以求，嚮往出外讀書的，可惜不久之後，在異地的種族隔閡下，思家、孤獨、寂寞，令她開始不適應，更在周圍不熟習的環境壓迫下，令她熬不過來！想想也覺心痛，多殘忍啊！

至於崇修突然的也走去英國讀書，是偶然的。算來也是莫名其妙，時近香港九七回歸，人心虛怯，能走的都走了，你突然也害怕起來，覺得小兒子太小了，不知香港政局未來會演變得怎樣，你想崇修能提早適應外國的學習科目及社會生活環境，所以更早的在他剛滿十四歲時便把他也送去英國讀書了。老實説，我真的不願意，也埋怨過你，怎麼把子女一個一個的都送去外國？雖然

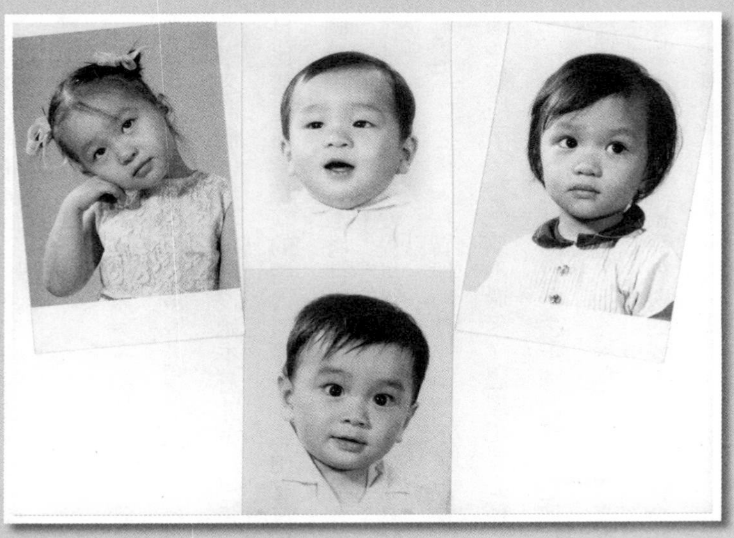

一個幸福的家庭，靠孩子的維繫是很重要的，有了孩子的家，才可説是擁有一個完整的家。

姊姊同在英國，也是分居兩地，亦不能就近照顧，畢竟兒子太小了，怎放心？我知你做的一切都是為他們好，所有的一切都是替他們設想，你也是極不捨得的！但你對他們的愛，是愛得那麼冷靜，是設想得那麼深，處處替他們未來前途着想。關於子女學業問題，一向都是你作主的，我拗你不過，不過這點我可沒有你那麼豁達、那麼有遠見！我是一個母親，心腸始終硬不起來，直到現在，我還是那麼想，心仍是痛着！

記得去年，榮開夫婦曾問過我一個問題，問我當日兒女那麼小，送出國外讀書，可有不捨得？我們的心情怎麼樣？當時那段時間是怎樣熬過？一時之間，我也真不知怎樣回答。老實說，直到現在我還是一樣不知怎樣回答，那種心情真的太矛盾了！實在真不知自己當時的決定對不對。我想，他們也許想把女兒送往外國讀書吧？取捨兩難之間，故有此詢問吧。當然，現在環境不同，通訊方便，在 Facebook 電郵中也可隨時見面，他們現時的經濟環境亦較我們當日寬裕些，女兒每個假期都可以回家跟家人相聚，情況確比美璐那時只靠書信傳遞好得多。但女兒正當成長時期，孤身一人在遠地，父母哪能不掛心，倘若母親愛女心切，要陪伴女兒左右，與丈夫長時間的分隔兩地，那種情況我是見得多了，也經歷過，長久如此，對夫妻感情定有壞影響，實非好辦法，我是絕不認同的，也許你亦同意我的想法吧。

總之我們對兒女，一視同仁、毫無偏差，能幫助的、能做到的，我們一定會做，誰教自己是他們的父母啊——總希望孩子們都有一個幸福的未來吧！

想得太多了，還是說回我們四個孩子的事吧。彬，很奇怪，我這個人一向自知是最不適應外國生活，是很難投入外國人的社會，但我們的四個孩子卻偏偏一個一個都往外國跑，可能是我的宿命吧？否則我後期也絕對不會答應你移民去美國居住，離開了居住近一輩子也捨不得離開的香港！

我們原意只想送美璐去英國唸書，目的為她的前途發展着想，後更因九七回歸影響，信心危機推動下，崇修亦被送往英國讀書了。更料想不到，美璇因性好清靜，心儀德國的恬靜生活，在中文大學主修英文系、副修德文時，因屢得德文老師稱讚，所以，在中大英文系剛畢業，就要求我們送她前去德國修讀德文，這是她「少有的意願」，為尊重她，我們也讓她自行決定而去了德國，在菲爾堡學校繼續修讀她的德文了。

至於崇尹在中大人類學系碩士畢業後，因此系當日並無博士學位可以繼續修讀，你的意願想他繼續完成博士學位，最後讓他自己在美國申請適當學校，也去了美國洛杉磯的南加州大學深造。就是這樣，四個兒女一個一個的都跑去外國讀書，亦都一個一個的停留在外國生活了。至於後期之變化，崇尹轉往攝影學院擬專心學習攝影，這是他極有興趣科目，他想跟姊姊一樣，冀走藝術路向，你不想他感到父母厚此薄彼、亦考慮到他日後，會否因達不到願望而留下遺憾，因此順他的意願也同意了，這當然不是你所預料，亦非你原意的安排。

無論怎樣說，我們送子女到外國讀書，一心只是為孩子的前途着想，亦盡可能的投合他們本身喜好擅長，祈望他們能有一技傍身之用而已。總之我們對兒女，一視同仁，毫無偏差，能幫助的、能做到的，我們一定會做，誰教自己是他們的父母啊——總希望孩子們都有一個幸福的未來吧！

兒女是父母身上「掉下」的一塊肉，血肉相連，原是一體的，是自己生命的延續，也是自己未來的希望。我想，天下的父母總希望自己的子女一代比一代好吧！父母對兒女的「愛」，是無微不至，是永無休止的！「但願」天下的兒女，也一樣的疼愛自己的父母！多點瞭解父母對兒女的一片苦心，多點的體諒父母，好好的珍惜、珍惜他們吧！

看美璐的舊信有感！就此擱筆，下次跟你再聊吧。

淑珍

寫於二〇一七年七月三十日

新澤西州

第17封信：大酒店與獎學金

彬：

當你看到我寫的標題是否覺得很詫異？老婆是否真的傻了？腦子是否有問題？腦退化的病是否嚴重了？「大酒店與獎學金」二者截然不同的事，怎會混為一談？

不要擔心，我的腦筋暫時仍很清楚，還未至於混亂不清的地步，反而期望就着現時腦筋思維尚算清楚及仍會計算的日子裏，更着意的替自己想想，是否應該好好的計劃一下，看看能否幸運的有機會再達成我們二年前尚未能完成的另一半捐助獎學金的願望而已。

你還記得吧，二〇一五年，我們本意原擬定捐助四百萬港元給中大新亞書院，歷史系、文學系各佔一半，遺憾的是這年四月份開始，恒生指數突然急跌，市場上所有股票都急速下滑，我手上持有的股票股值亦損失不少，結果只能酌量的沽出一半，以作獎學金捐款，餘下的也留給我倆作日後醫療保險的費用。至於取出的二百萬，只能全數捐予歷史系，因新亞書院歷史系的捐款，事實上真的太少了！未能完成的任務，現在我仍是耿耿於懷，記在心裏！

老實說，這筆龐大資金（我認為是不少），我也不知怎樣籌措，我不能把我倆留作日後醫療的後備款項全部用去，萬一意外的有大筆醫療費用需要支出，兒女一下子就會措手不及了，而我亦從沒有出外賺錢的本事。雖是如此，但我一直也沒有放棄！若真想達成這個願望，我得好好想想辦法了，也希望好夢成真並不是一個夢想！

二〇一五年股票市場，中途不幸「夭折了」的牛市，今年像有復甦跡象，我們餘下跌至二百萬不到的股票市值也倍增了，憑數十年股票市場上經驗直覺告訴我，及我對股票的認知能力，我感覺到現時的股票市場，好像承接上一次未完的牛市，它已開始快進入牛市第三期了，股票市場上的大時代又要來臨！這一次我真要小心處理，好好的把握這個大時代的升市了。

金錢上的投資，一向以來，你並不專注投入，也很少加以參與，多謝你對我這方面的信任，投資上通常都是我出的主意。我沒有其他賺錢的本事，股票方面還算略有心得，我對不熟悉的股票，從來是不會隨便買入的，回想，我在二〇一一年移民美國時，若順勢的把帶來資金全數都放入美國的股票，在近日美股的屢創新高下，資金應已是倍增了，卻因對美國的股票全不熟悉，雖處身美國，買的仍是香港股票，仍是「隔山買牛」的投資在香港熟悉的股票中。雖然説，現在賺取美股升幅的機會已錯過，但我並沒有後悔「不熟不做」的做法，我相信在美國股票連日節節攀升帶領下，投資者漸會發覺香港及內地的股票相對的甚為偏低，而資金亦一定會轉移的，到那時，日後香港恒生指數一定會創出新高，一定也會創出高過二〇〇七年31958的高位！

移民美國後，已經把我以往的投機心態完全改變了，年紀大了，也承受不了股票衍生產品患得患失的急功近利的心理壓力，改而持優質偏低的股票作較長線投資，有幸二〇一五年一直保持着的「兗州煤」現今股值也倍增了，這是十分難得的一件事，我得好好分配，重新考慮投資金額的妥善安排和自己所擬定的目標了，希望有機會再繼續設立獎學金夢想中的事！

説到這裏，或許你開始明白我寫「大酒店與獎學金」的相關意義了；不錯！我把股價起了超過一倍「兗州煤」的股份沽售了一半，把資金轉投資在「大酒店」股票的股份中，希望能藉着它偏低股價倍升之下，可幫助我完成設立文學系獎學金的心願。很奇怪吧？芸芸眾多的股票中，為甚麼我偏偏選中「大酒店」這隻股票？「它」能脱穎而出的原因，或許除了「它」是我最早期認識的股票情意結作祟外，事實上對「它」也太熟悉了！

在美國買賣香港的股票，是由美國股票市場上另一類證券公司代理，也不是每一隻香港股票都有上市買賣，是經他們揀選後，才可正式合法在市場上做買賣交易的，主要是賺取買賣價格差價，所以買賣價位往往差距很大，若經常不停的買賣轉換，就不大划算了。因此，我只能慎重選擇買定某一類股票，作較長線的投資買賣策略。今次我選擇了「大酒店」股份，也是很偶然的，或許我真的要很耐心去等待了，期待「它」甦醒後恢復的合理股值。

觸動我做這個決定，是偶然看到 iPad 的 YouTube 報導香港經濟消息，有關大手買入香港「大酒店」股份的報導：其一，是信和置業旗下的信和酒店主席黃志祥增持七千八百四十萬，佔 5%「大酒店」股票股份。其二，具有中資背景的太和控股主席蔡華波，也增持「大酒店」股份至 11.79 %，他們不約而同的在市場大手吸納，想必無因，真值得細心研究了。

說真的，「大酒店」的大股東米高嘉道理手中的持股量超過半數的股權，相信任何人也不能有機會可作惡意收購，除非他們股權已有變動或本身無意經營才會有所改變，否則他們控股權的地位怎樣也不會動搖。

記得，在一九七三至七四年期間，恒生指數由一千七百多點跌至一百五十點那一役，我已認識「大酒店」的股票，知它是與怡和齊名的外資經營機構，七四年我初涉足股票，當時恒生指數僅是四百多點時，它的股價已經常與怡和同價，常徘徊於十五元左右，已是大價股值的股票，股價之高，非一般散戶隨意能購買，想不到時隔四十多年後的今日，恒生指數已升至近二萬八千點，物業市價強勁提升下也不知漲升多少倍，但它的股價仍是如前一般沒有寸進，也難怪行家們垂涎染指，看來嘉道理家族成員，真的要振作起來加把勁了！

從最近文華酒店旗下銅鑼灣的怡東酒店放盤出售，估值也要三百億港元，且傳已迅獲洽購，其中也包括中資企業。如此看來「大酒店」股票的全部物業估值，更是非同小可，真的估計下，當屬天文數字了。

「大酒店」股票的物業、業務遍佈世界各地，各處經營的酒店，像香港半島酒店一樣的不下十間，都是位處於黃金地段的超級豪華大酒店。

「大酒店」的全部股數約有二十億股，以現在它的股價只是十四港元左右計算，全部市值約僅得二百三十億港元，只是一間香港的半島酒店已遠超此股值了，我相信半島酒店的估值一定比怡東酒店的估值還高吧（不論怡東酒店能否售出），所以「大酒店」的股價，遍佈各地物業的真正價值，真的遠遠超過股票賬面價格多倍了。

我並不是一個喜歡隨意跟風的人，這方面的決定，純以我對「大酒店」的認識及對現時物業價格提升下，股價賬面值與物業真正價值真的相距太大了，股票股價相對的也太偏低了，若大股東仍不思進取，不作改善，仍無心經營的話，以蔡華波等人入股事件來看，當有後着，且拭目以待。

八月，「大酒店」的二〇一七年中期業績公佈了，盈利雖說稍有改善，但中期派息每股只得四仙，可說少得可憐，相應之下，股價也由十七元跌至十三元了，正好給機會對此股別有用心的人可再度低價買入。

我手上持有的「大酒店」股份，也跌了近一成了，不過，我認為是絕對沒有大問題的，如此偏低的股價，處於高昂物業市道，不久之後，它終會有正面反應，股價一定將會隨着物業市價，重新調整而節節上升的。若短期沒有特別變化或投機不成？我相信，考慮把它改變為長線投資，作為一隻股價偏低的地產股看待，也屬不錯的選擇。

彬，若我真能目睹着它，有上升的一刻，那時我再給你寫有關「大酒店與獎學金」的第二封信，告訴你我將會怎樣做！

我這種做法，想你也是樂於聽聞吧。就此擱筆，希望很快你會收到我的第二封信！更希望這不是一個夢！

下次再聊吧，祝好！

淑珍

二〇一七年（丁酉年）八月八日

新澤西州

買入「大酒店」的股份，期望把盈利所得款項，捐贈中大新亞書院文學系作獎學金，是我們多年來共同的願望和目標。

第18封信：設得蘭群島與愛丁堡之行

彬：

設德蘭群島（Shetland Isles）是蘇格蘭北冰洋南部集合的一些小島。二〇一七年八月十五日星期二，是我第二次去設得蘭群島探訪美璐，她居住偏遠，若沒有崇修的帶領，我根本不懂得如何去。兩個女兒皆婚嫁於外國人，遠居異地，世界雖云全球一體化，交通處處皆可到達，但在言語不通、老人行動遲緩底下，往返絕不容易，因而有感的，像古代人的女兒嫁於塞外，有「昭君出塞」回家困難之嘆！

美璐結婚後一直在英國居住，初居於近倫敦的市區，來往尚較易，其後因女婿沙佛喜愛設得蘭群島生活環境，恍如陶淵明筆下的《桃花源記》中的郊野山區舒適自然生活，於外孫女明明兩歲後便遷居於此地，也居住了近十五年了，他們偶爾回港探望我們，而我們十多年也沒有到過他們那裏。老實說，路途太遙遠了，交通工具轉換頻頻，沒有兒女的帶領，我們真不敢自行前往。

記得二〇一一年十月，是我倆千里迢迢的第一次到訪她家，我們第一程是先去德國探訪美璇後，再由美璇帶領着我們探訪姊姊，聽她說也是第二次造訪。

你是喜歡把 Shetland 這地方的名字改譯為「雪倫」，這島經年也是不停的吹着強風，所以你把它也叫為「風之島」，都是很貼切的名字。你是很羨慕當地人的恬靜生活，更欣賞當地人的純樸深厚人情味。那時你雖已手持着枴杖緩慢而行，仍是兩人相伴同往，現在卻只得我形單影隻的跟隨着崇修他們了。崇修一家十五年來第一次到訪姊姊家，尤其活躍的小圓元，更覺事事好奇，興奮不已。

起程那天，崇修一家人乘坐的士起程去新澤西州紐瓦克市的機場，乘坐聯合航空直飛愛丁堡機場，然後在候機室等候了二個多小時，再乘搭直航飛往設得蘭群島——一架大約只可乘載四十位旅客的小型飛機。圓元很奇怪，他們說從沒乘坐過這樣少人的飛機。飛航時間大概一小時三十分鐘便到達該地機場，崇修說這是去家姊處最快捷的方法，落機後由崇修駕駛着出租車直接由機場去大島了（是該群島市區的中心）。到大島超市買了一些應用食物後已時近黃昏了，在當地吃過晚飯後，即趕赴碼頭乘搭最後一班輪船，二十分鐘的時間，已到達美璐居住的小島了。這樣不停的自行駕車前往，到美璐家已入夜了，幸虧夏令時間，天色只是微覺昏暗，也無礙崇修開車。想不到在如此快速轉接交通工具，及天氣毫無阻礙下，到達時間也超過一日。

跟崇修他們此行，主要目的是跟隨他們前往探訪美璐，我相信我會是最後一次探訪她了，你是知道的，一向以來，我都是不熱衷於到各處走動的，尤其是在外國，我到過的地方，很快也會在印象中消失，所以高昂的旅費，對我來説真有點浪費，我到各處去只是「陪太子讀書」而已。

相對的，你對各地的環境，都會感覺得很有興趣，尤其是對歷史上文物和民生情況的問題，更是興趣盎然的，可能是你研究歷史學者的本色吧。上一次和你一同去美璐那裏，整整一個月，我跟隨着你們這處去、那處去的，也探訪過多家當地居民，所以我們跟他們也頗為熟落。

這一次和崇修去家姊處只是短短一星期，時間較匆忙，他們想去的地方卻很多，我沒有跟隨他們到處去了，行動緩慢的我，與他們一起走動，跟本追不上他們的步伐，也不想他們故意放慢節奏的來就着我，阻礙他們有限的停留時間，所以我寧可多留守在美璐家裏，反正很多地方我也到過了，看不看亦沒有所謂。

二〇一七年八月二十四日我們離開設得蘭群島了，我們這一程是去愛丁堡，美璐也跟着一齊去。她兩個月前便預租了一層靠近市區的民房宿舍，那處步行或乘搭計程車出入都很方便。三日後，美璇、來路蝦、孫女德雅他們三人也從德國來此處和我們會合。

愛丁堡這個國際大城市，我是第二次到來，記得第一次是我們兩人和崇尹去英國參加完崇修畢業典禮後，由崇尹駕車一同前往，除我們四人外，蔚青也跟着一齊去，算來也有二十五年了。歲月消逝下，我除了對參觀著名的古堡尚有些微記憶外，其他的地方我已記不清楚。

這次我們沒有入古堡內參觀，只在街道上行走時遙遠的觀望，因住所就近旺區，商舖林立，各類食肆隨處可見，出外行走極為方便，不過我也只是在附近逛逛，大部份時間我還是喜歡獨自留在住宿處，遠的地方都是他們各自找尋，去的都是他們有興趣或孩子適合的景點走動。換了是你，你一定會很忙碌的，更分身不暇的不知應跟誰出去走動？而我也一定像以往的跟隨在你左右「陪太子讀書」了。

明明學校參加的樂團表演剛巧也在附近，我們到的時候，他們樂隊是最後的二晚演出，美璐湊巧的能購得一門票到現場觀看女兒的演奏。三日後演奏會表演完畢，明明便跟隨樂團的大隊回學校了。回學校前三日的上午，明明都來與我們在一起，美璇一家到來時，她已跟大隊回學校了，兩表姊妹先後而至，可惜卻因時間不就而相遇不到。

玩得正興高采烈的圓元，想到明天一早便要離開此地，小小年紀的她，竟會依依不捨⋯⋯

你喜歡把 Shetland 這地方的名字改譯為「雪倫」，這島經年不停地吹着強風，所以你把它也叫為「風之島」，都是很貼切的名字。

今天是停留在愛丁堡最後的一天，大清早他們仍各自安排節目，去餐館食早餐的去食早餐、孩子去遊樂場的去遊樂場、去海灘的去海灘，各適其適的不亦樂乎。很多時美璐也和我留在住處，大家只約定何時回家同去何處吃晚飯，晚饍後要收拾行李了，明天一大早便要各自準備回家，這一個暑假旅程也告結束了。

玩得正興高采烈的圓元，想到明天一早便要離開此地和大家分別了，小小年紀的她，竟會依依不捨的悶悶不樂而惆悵起來！

好了，就此擱筆，回家後再跟你通訊吧，祝好！

淑珍

丁酉年二〇一七年八月三十日

寫於愛丁堡

第19封信：股票篇

彬：

又來跟你談談近期股市的事了，不要過早高興，我不是與你說「大酒店」股票的事，它現在平靜如水的潛伏着，若它有任何異動突變的話，我才寫信告訴你。現在，我與你只是說說近日股票市場上的走勢動向而已。雖然你對股票的波動起伏，並不熟悉，也沒有深入研究，但我認為你也是很樂意的聽我逐一分析，給我精神上的一種支持！

今年股票市場總令人覺得陰陽怪氣的，史無前例的在二〇一七年一月至現在，恒生指數由22000點，連升八個月的將快到達二〇一五年的高位28567點了，我可說從未經歷過如此長時間的上升市，可惜這八個月的升市，恒指只是每一段每一段緩慢反覆的推上，股民直到現今仍弄不清楚它，是否處於牛市？能否再繼續上升？也不相信這次的上升市可以保持得那樣長久，在這種情況，如此忐忑心態下，想在股票市場上賺錢當然並不容易了。

而且它上升的股份多是集中於恒指成份高的，例如騰訊、數種科網科技股或與內地政策一帶一路有關的股份上，高處不勝寒，升得多的股份，股民也不敢隨便放心投入，一下子怕投錯方向，接了高價貨，更易招致損失，最難受的是以前買下的股票，卻偏不見上升仍受綑綁着的動彈不得。所以雖是連升多月的股市，也不見股民多有受惠，他們只是患得患失的期待着，一方面等待着自己手上的股票是否可以鬆綁，另一方面又矛盾的期待着連升多月的股市下跌，才敢再投入市場，如此懷疑矛盾心態，純屬股票市場上牛市二期的走勢表現。

記得，二〇〇七年恒指升至 31958 點的大牛市後，跟着便節節回調下跌至二〇〇八年的 10567 點，很不容易的在二〇一五年再慢慢重上 28500 多點，本期待它能超越二〇〇七年的恒指高峰後可以沽清，怎料事與願違的，就在我們預期沽售股票作獎學金捐款期間，股票市場突然急速的下跌，最後只能完成一半捐助款項。我也錯誤的認為已轉入下跌的週期，只是奇怪股市的上升軌跡竟然改變了，這一次牛市大升浪，恒生指數竟然不能像以前的突破超越二〇〇七年的歷史高峰。

真的「經一事、長一智」，股市上升的軌跡並沒有改變，只是我未見過一個牛市的二期，竟然可以由二〇一五年的恒指高位 28588 點，不到半年指數直線下瀉的跌至恒指 18500 點，足足調整了一萬多點，直到今天長達兩年時間指數仍在牛市二期的上下徘徊。

今日的股市，正是不斷反覆的在恒指二萬八千點高峰上下移動，各路財經專家不斷議論紛紛，有說已是見頂停滯不前，牛市結束了；也有說連升多月的股市，將要回落調整了；也有說股市快超越前高位，進入牛市第三期的大時代了。總之眾說紛紜，後果如何？當拭目以待。

鄧普頓的股票名句：「牛市是在一片悲觀中誕生，在懷疑中成長，在樂觀中成熟，以及在亢奮中衰老，步入死亡，熊市誕生而不知。」

邱永漢的股票投資理論：「投資就是做沒有人在做的事，投資股票，需要 10% 的知識，90% 的忍耐，而借錢買股票是投資大忌，投資的金句是『投資的報酬，是忍耐的報酬』。」

我得修正邱永漢的股票投資理論，應該是 50% 的知識及忍耐，50% 是看投資者的運氣，沒有運氣做甚麼也會不對，做對的可能也會變錯，我認為一個成功的投資者，除了正確的知識外，運氣亦是十分重要的。

也很認同鄧普頓的說法：真的，牛市往往在股民對前景一片悲觀中，靜悄悄的在萌芽，也在股民意識中最黑暗的時候誕生了，之後進入一個漫長充滿懷疑的環境中成長，這就是所謂「牛二」了，就像現在股民對目前的狀況一樣。從我四十多年股海浮沉的經驗總結下所見確是如此，更是屢次不爽。話雖如此，一時也真很難分辨。

我也預料調整了超過二年的牛市第二期，將在樂觀中成熟，快步入亢奮中牛市第三期的股市大時代了，那時恒指一定超越二〇〇七年的高峰，股民將情緒高亢，毫不理會結果，也不會計較股價是否偏高了，正如現在的樓市一樣。

正因如此，我相信現時股民仍處於懷疑階段，憂疑不前，股值成交量仍未見暢旺，加上很多股票市盈率及一般股票股價尚屬偏低的情況下，股市仍處於第二期牛市末段，怎樣說也未到全民皆股的瘋狂大時代，直到現今為止，我見過的股票市場走勢，每一次牛市的高峰，最後恒生指數一定都是超越上一次大時代的最高指數的，推想之下，今次股票市場大時代的高峰，應尚未出現，是否要期待明天？真要拭目以待了！

由二〇〇七年至今年的二〇一七年，剛好十年了，所謂股市十年一個循環，經歷了深度而漫長的二期牛市調整期，現在它又像靜悄悄上下反覆的已快重越二〇一五年恒指的 28500 點高位了，若無重大衝擊，我想恒生指數很快將會超越上次高峰，進而更會升破二〇〇七年恒指 31958 歷史高峰而展開另一個大時代的升浪。

當然，說得輕鬆，像很易做，若真是這樣容易，股民都富有了，也不用患得患失或如痴如醉的心存僥幸惟恐走寶了。可以預料，當一個大時代的來臨，無論「投機」或「投資」，股票的「牛市」或「熊市」，股壇上的光怪陸離，實因「人性貪婪而上升」或「人心恐懼而下跌」，純是人性的考驗，也因如此，股票的盛衰榮辱，皆是如此，屢見不爽。

「當局者迷」，現時我說來像頭頭是道，像很有真知灼見，也難保在日後貪勝不知輸贏下，或運氣未就，往往會做錯任何決定，彬，到那時你得在旁暗中提點幫助我了。現在我只能遵循邱永漢的股票投資理論，要有90%的耐心等待了。真希望這次我沒選錯股票，及對股市的走勢沒有觀察錯誤！也希望藉此可以再圓我倆未完的心願——籌措捐助新亞書院中文系的獎學金捐款。祝我好運吧！

就此擱筆了，下次再聊吧。

淑珍

寫於二〇一七年九月八日

新澤西州

第20封信：週年祭奠

彬：

今日是你走後一週年的日子了，你的墓碑在兩星期前我們剛巧在愛丁堡旅遊期間造好了，因是特別挑選的黑色花崗岩石，碑上所有文字都是刻雕後黏上金箔，很花時間的，加上冬天及初春期間新澤西州經常下雪，也難怪近一年的時間，墓碑遲遲仍未見完成，幸好在你一週年時墓碑終於打造完成了。

彬，我知道你今天一定很期待的早早在墓前等着我們了，因我早已和你約定，今日我們會來見你，看看你新造好的墓碑怎樣，也知道在你這個大日子當中「爸爸和阿娘」也一定與你同在一起在等我們。璐璐、崇尹和美璇若不是居住得太偏遠，不能前來，他們今日也一定會到這裏來見你的，沒辦法了！現在只能等待他們各人下次到美國探望弟弟時，才可親來見你。

今日，除了崇修帶來一大束玫瑰花送給你之外，我更帶來很多你喜歡的食物，知道你一定會約同父母在一起，所以食物中有阿娘最喜歡食的白切雞、有爸爸喜歡食的蠔油腐皮卷、有你們客家人最喜歡食的梅菜扣肉。你說我做的梅菜扣肉你是最喜歡食的，是外面飯館吃不到的味道，我也答應你每年只做一次給你吃，因太肥膩了，不宜多吃。也有你喜愛的椒鹽煎大蝦及不常給你吃的各式甜品。

除了食物祭品之外，我還焚燒了很多很多金銀紙錢給你，這樣你也可分送一些給先人享用；有一套蔚藍色的新西裝是我送給你的，你平日最喜歡這類衣服的。還有，請你代我送上一份四季衣服的禮包給爸爸，每件衣服的風格也挺適合他，是一些紳士款式的衣服，我想他一定會歡喜的；也請代送上阿娘一份「四季衣裳」的禮包，是數件帶有貴氣較時尚的衣服，與爸爸在一起，阿娘的穿戴得要時髦趨時一些了。其中有一份是整盒的黃金禮包，你可用來送給母親，阿娘生前最喜歡把儲蓄的款項都用來買金飾收藏起的，你可用來送給她，讓她高興高興好了。我不知焚燒這些物品是否有用？是否真能收到？那不重要，總之，阿娘生前她相信的，我就相信，她喜歡的，我就做，從不會逆他們的意的，姑勿論怎樣，這樣做只是表達我一點心意而已。

還有數張影印照片：

一、《珍收百味集》提名參加第一屆香港出版雙年獎的圖文書得獎頒獎的獎狀，我影印了一份焚燒送給你看。是我母女兩人送給你一份難得的禮物。

二、美璐個人今年在天地圖書出版的第一本中文圖書《往食只能回味》反應熱烈讚好的報館書評，我影印了並焚燒送給你看。

三、也焚燒了一張我們去愛丁堡旅行時一起食晚飯的照片，家人團聚一起的濃厚氣氛，是近期難得一見的事情了。我相信你對這些圖片是樂於見聞，也是極喜歡見到的，是不是？

彬，也來說說我們兩人的墓碑吧，雖然碑上現時仍沒有刻上我的名字，但在幻覺中，我的名字也仿若一起給刻上了，碑上的文字也是你早擬定，一早寫下碑文的方式給崇修收藏好，交代他若你走後墓碑要怎樣怎樣造，也好，這樣一來，崇修便不用再花心思替你擬立，更不會擔心不合你的心意了。遺憾的只是立墓碑子孫名字的一欄，則不能依你早期的意思個別名字寫上了，因子孫名字多，亦不便逐一寫上，現在總括以「眾子孫敬立」一項以代替，這點你也是早知道而同意的。

彬，這墓碑造得真的很好，我和崇修都覺得很滿意，相信一向愛好挑剔的你也當無異議而同意吧。這塊厚厚盈呎而闊四呎半的黑花崗岩石，打磨得整塊平滑毫無瑕疵的真挑選得不錯，字體雖是電腦版字，也雕刻得字字穩重有力，整塊晶瑩漆黑的花崗岩石上，我不願意在兩旁雕刻上太多花巧形象的圖案，徒破壞石面美觀，只着意的依你吩咐，單獨雕刻上握要的生、卒年月日及你的名字而已，這樣整個墓碑看來更覺清秀了，純黑的碑石配上黃金色的字更覺得好看。

我們兩人的墓地，位於新澤西州面向大西洋的華人墓地春暉園，而處於整個墓園前排中的正中，可算挑選得位置不錯，加上碑石顏色特別顯眼，與衆不同，相比之下，更覺矚目了。我們這次來祭奠，很奇怪的我忽然有一種，仿若當年你祖父芳圃公在家鄉興建祖屋新蘇村新屋落成後，盛大宴請入伙酒的感覺，春暉園的新居也儼如鄉中大屋般輝煌了。

當我一踏足春暉園，遠遠便看到一座與眾不同的漆黑大碑石豎立在整個墓園正中，一望之下，真覺有「王者之風，氣宇非凡」的氣派，也難怪崇修對此甚感滿意，感到支付父親的大筆喪殮費用是值得的——父親一定也會非常高興！

而我卻認為，整個完美無瑕的平滑漆黑大碑石上，另一邊卻偏偏留空了一大片空位，總覺得左右不對稱，怎樣看也是一個空缺位置，更是一種遺憾，若能在「蘇公諱慶彬大人之墓」的另一旁再加上「蘇母字淑珍太夫人之墓」的話，整個墓碑就好看得多、相稱得多了、就更為工整、更為完美了！

彬，你說是嗎？這一天你一定會看到的！

好了，不說了，就此擱筆，下次再聊吧。

淑珍

寫於丁酉年二〇一七年九月九日晚（週年忌日）

新澤西州

第21封信：回饋篇

彬：

九月初，收到新亞書院黃乃正院長寄來一封書函，是報導關於我們捐助「蘇慶彬教授新亞書院歷史學系獎學金」的事，經二次會議甄選後，已按章則選擇了二〇一六／二〇一七學年四位合適者，並於二〇一七學年，正式開始頒發受獎學生每名港幣二萬元正，並隨函附上領受獎學金學生的四封致謝書函。

彬，今次領受獎學金的四位學生，學校是依照我們原先安排二、三、四，及四年級應屆畢業歷史系各級成績最優異的四位學生，分別是張思婷（歷史／二）、劉碧欣（歷史／三）、張文謙（歷史／四）及今年剛畢業的李顯華（歷史／四），他們四位都寫信向我致以無限感謝，及表達他們今後讀書想走的路向，李顯華更說他常參考閱讀你的著作，並深受你研究方法影響，冀能終生受用。我想，他畢業後，也會繼續讀書的，當然，這也是你着意設立大四畢業學生領受這項獎學金名額所想的本意吧！

彬，你知道嗎？當我閱讀着四位領獎學生的致謝書函時，心中真有一種莫名的感動及喜悅，我想你也會一樣，其實能幫助別人，自己也是挺開心的，並不一定是生活得富有才可作出捐贈。想起單增多老師當日在新亞夜校勸我轉讀日校中學，並答應每月資助我十港元補助學費（那時已相當於我們現在每年資助獎學金的金額），我才得以順利讀書，她當時亦只是桂林街新亞書院時期的一位領受獎學金資助就讀的窮苦學生，對我竟能如此關懷及支持，令我銘記於心，今有幸能借此回饋於母校，聊以向單老師致以深切的謝意而已。

記得，二年前，你知道身罹惡疾時，預立下遺書，說你走後留下之財物，盡數予我。感於當日若無新亞書院，亦無新亞夜校的成立，自無你我兩人的相遇，亦無今日之有緣結合，故建議你在有生之年把一部份財資捐作新亞書院獎學金之用，一則可圓回報單老師對我資助之恩義，更可以答謝新亞書院諸位已故恩師多年來對你的關懷、教誨。此提議你也認為非常有意義而同意了，並以你的名義，在新亞書院歷史學系中設立數項獎學金基金，藉以回饋母校，雖是有限的資助，除可助一眾成績優異的學子外，也冀望藉此可收「聚沙成塔、集腋成裘」的效應。

記得二〇一五年我們回香港參加新亞書院六十六週年院慶茶敘，在茶會中，舉行了一個簡單而隆重的捐贈獎學金及贈送《清史稿全史人名索引》一書的儀式當中，見你拿着支票送給黃乃正院長時，臉上充滿着那一種不可言喻的「回饋」喜悅心情，那一刻，我覺得甚麼都值得了！

不過，中國語文文學系獎學金這件事情，我從沒有放下，仍深深的記着！我覺得「它」一定會實現的，也相信日後我一定有機會可以繼續完成，到那天，我定會寫信告訴你。

就此擱筆，下次再聊吧。

淑珍

丁酉年二〇一七年九月十九日

新澤西州

NEW ASIA COLLEGE
The Chinese University of Hong Kong
Shatin, N.T., Hong Kong

香港中文大學
新亞書院
香港・新界・沙田

蘇何淑珍女士台鑒：

「蘇慶彬教授新亞書院歷史學系獎學金」

荷蒙　閣下支持新亞書院發展，並慷慨捐贈獎學金，嘉惠績優後學，師生同仁銘感不已！

本院獎助學金委員會於二零一七年五月底舉行二零一六／一七學年第二次會議，席間委員審閱候選學生成績，以及在學期間表現，按章則甄選合適者，一致推薦以下學生，領受　閣下之獎學金：

「蘇慶彬教授新亞書院歷史學系獎學金」領受同學名單：

姓名	主修／年級	金額 (港幣)	二零一五／一六 學年積點	二零一六／一七 上學期積點
張思婷	歷史/二	$20,000	3.653	3.471
劉碧欣	歷史/三	$20,000	3.738	3.706
張文謙	歷史/四	$20,000	3.645	3.593
李顯華	歷史/四	$20,000	3.565	3.66

隨函附奉領受同學之謝函，藉表謝忱。

閣下倘有查詢，請聯絡本院獎助學金委員會秘書曾嘉欣女士（電話：3943 7944；電郵：edithtsang@cuhk.edu.hk）。再次感謝　閣下慷慨解囊，鼓勵努力不懈的莘莘學子。

順候

鈞安

新亞書院院長黃乃正  謹啟

二零一七年八月二十三日

2017 年 9 月收到新亞書院黃乃正院長寄來一封書函，是「蘇慶彬教授新亞書院歷史學系獎學金」4 位領受獎學金的學生名單及他們的致謝書函。

2015 年我們回香港參加「新亞書院」66 週年院慶茶敘，在茶會中與特意來參加的校友拍照留念。

我們兩人的墓地，位於新澤西州面向大西洋的華人墓地「春暉園」。孫兒定仁和圓元正攀上「慎終追遠——春暉園」的一塊碑石上，遙遙地向前觀望。此心態正好代表孩子們能體會先人「慎終追遠」的追思心意。

墓碑用特別挑選的黑色花崗岩石，碑上所有文字都是雕刻後黏上金箔，很花時間的，幸好在你逝世一週年時終於打造完成。
這是我們兩人的墓碑，預留一大片空位，現雖沒刻上我的名字，但在幻覺中，我的名字也恍若一起給刻上了 。

崇修帶來一大束玫瑰花送給你，我更帶來很多你喜歡的食物，知道你一定會約同父母一起享用。

在 2015 年我們回香港參加新亞書院 66 週年院慶茶敘，舉行了一個簡單而隆重的捐贈獎學金儀式。當時你拿着港幣 200 萬元支票送給黃乃正院長，臉上充滿着一種不可言喻的「回饋」喜悅心情，那一刻我覺得甚麼都值得的！

蘇軾《江城子》：

十年生死兩茫茫
不思量　自難忘
千里孤墳　無處話淒涼
縱使相逢應不識
塵滿面　鬢如霜
夜來幽夢忽還鄉
小軒窗　正梳妝
相顧無言　惟有淚千行
料得年年腸斷處
明月夜　短松崗

窗外細雪紛飛，寒冷的夜空，寂寂的晚上，只有孤燈斜照，更覺心境孤獨，無限淒涼，無眠的晚上，不禁思潮起伏，無從傾訴，舉筆難書！

《飛鴻踏雪泥——從香港淪陷到新亞書院的歲月》已於 2018 年 5 月出版了。「它」是你生活了八十多年的歷史見證，對我倆來說，是你留給我最後一份珍貴的禮物。

記得，重陽節寫給你的信時還讚美的説，樹叢中盡是萬紫千紅、七彩繽紛的樹葉，迎風搖曳下，園中景色確是很美，真有「紅葉題詩」的前人思古情懷。

你親自揀選的這盤巴西鐵樹開花了。是否開花後，即將枯萎凋零？若真是如此，亦證物之「有情」！「它」將不捨的尾隨你而去，睹物思人，寧不惘然！

從六歲開始，直到如今，我都是專職任廚中烹調角色，前後入廚已七十年，若我真是專心投入廚藝的話，憑經驗真可以成為一個出色的烹調大師。

1963 年 1 月 15 日，我們約同雙方家長及二位證婚人在香港九龍婚姻註冊處舉行婚禮。

農曆新年大家仍是依舊上班、上課、周圍沒有一點兒農曆新年氣氛。我們只在大年初二，這日剛好是週末假日，邀請了李旭昂一家及小波的大姐夫婦來家中吃開年晚飯。

2018 年 3 月 27 日至 4 月 2 日，在中環榮寶齋內舉辦的「蔡瀾蘇美璐書畫聯展」，袁美芳與同學們熱熱鬧鬧，一起到場參觀開幕禮並傳來照片。

美芳要我把他們相聚的熱鬧情況告訴你，其實夢中我和你同一時間也在現場，看來不用告訴你，你也會見到他們。

4 月 1 日，崇修一家、崇尹、善怡、璇璇和我，一齊來「春暉園」探你。

死生契闊
與子成說
執子之手
與子偕老

詩經邶風

丙申夏

「死生契闊，與子成說，執子之手，與子偕老」

一對夫妻維繫一輩子，恩愛如昔，相扶到老的關鍵，就是心中有愛！

兩人各處一方，互相牽掛，只能在薄薄的信紙上，互相寫下家裏的日常瑣事，傳遞給對方，細訴思念對方的情懷。

我在他另一個書櫃中，也找到一大束寄給我的信，全部也有八十多封，信封多是不完整的，信封上的郵票都給崇修拿走。

第22封信：

一封舊信

彬：

你走後，這段日子我不斷的翻閱你我二人多年前寫的舊信，這一封可說是一封很特別的信，是我一九八五年，在英國陪美璐的時候寫給你的，也真佩服自己當時可以寫出這樣的一封信。三十多年的信，想你已記不起了，現在我照原信重抄一次給你看吧，您一定仍有興趣看的，是嗎？

一封舊信原文——

彬：

現在是晚上六時半，璐璐吃完晚飯趕着要去蒙古餐廳上工，又有六、七個小時給我靜靜的寫信了。

這幾天我剛看完一本《畢卡索的藝術》一書（沒辦法，誰叫自己有一個學藝術的女兒，若不文化自己一下，到頭來美醜不分，徒惹人笑話），看後總算對這位享譽國際藝壇的藝術大師有些認識。

他的成功不是偶然的，是天才加上苦練，更可以說是幸運，畢卡索的藝術生命，可以說是越老越年輕，他自己從來不感覺到處於巔峰狀態，所以只有推前而不會後退，雖年近九十高齡的老人，仍有取之不盡、用之不竭的精力，而他的畫風也經常轉變以求滿足自己的創作慾望，喜歡破壞傳統的方法，不斷的追求新的表現方式，重新描繪，所以一幅幅充滿生命力的作品，往往從他手裏畫出來。

我們一想起畢卡索的畫，自然便會想起那些扭扭曲曲的人像畫，活像眼、耳、口、鼻、前後、左右、上下也分不清楚，甚至像胡亂塗鴉的畫。其實早期畢卡索的素描是很細緻的，也許他在素描方面所下的苦練是沒有人可以跟他比擬，他是西班牙人，父親是一個美術教授，從小便受了父親影響而練有一手好素描，在他十八歲時父親傾盡所有儲蓄送兒子去巴黎深造。

期間他經過一段悲苦、寂寞、無助、傷感、冷酷、苦悶、憂鬱的「藍色時期」。到他二十五歲最艱苦的時候，他的天才幸為一富有名人賞識，漸漸有自己基礎，而畫風也隨之轉入「玫瑰色時期」，使他由悲哀與痛苦的調色盤中，由凝冷的藍色轉為輕柔的粉紅色，人也接受了樂觀的一面，後來更藉《阿維農的少女》一畫震驚藝壇，而奠立後期的立體派、綜合立體派、新古典派、超現實的變形時期及四度空間……他認為一幅畫只憑眼球所看到的一部份是不夠的，這樣只可說在一幅畫裏說一句話，或只是表達一種感情，是不能盡興的，應該是整體破壞後的堆積組合，該拿走或該出現的把它變形，凝聚而變成有很多立體動態和感情，他說要經常保持情感和理智的平衡，所以他的畫，有畫家的悲傷，同時也有樂觀的一面，最重要更是有「赤子之心」。

其實，若不合時，說甚麼都是假的，所謂「時也命也」，畢卡索真是一個極幸運的人，當他身陷困境，每日朝不保夕，食也食不飽，而接觸到的一切都是那樣悲痛、可怕、無奈，得不到別人賞識，久而之更感到絕望、困苦、無聊，那時縱然是天才也是沒有用，幸而他在瀕臨絕境的時候，得天獨厚的得一個富人賞識，加以資助、栽培，他才能發展所長，而成為藝壇驕子。

相反來說，另一個藝壇奇才梵高就可憐了，縱使他亦是天才橫溢，但一生潦倒，在世時整輩子也賣不出三張畫（死後才有人賞識，那對他又有甚麼用？）最後精神崩潰的在精神病院不治而死，死前還畫了他那幅驚世之作《暴風雨的前夕》。聽說梵高這幅畫，除他外，根本沒有其他人可以畫出，而他死時僅是四十多歲。

我想，假如他有畢卡索的長壽，又有他的幸運，能盡展才華，前途當更無可限量，這真是一個藝術家的悲哀，難怪感情重的璐璐途經梵高故鄉時，竟情緒激動的放聲大哭，想來真的令人難過，也使人嘆息！

說了這一大堆如此高深的話，或許你會莫名其妙，又或許以為我真的癡了，不要擔心，我全身連一個藝術細胞也沒有（有的是銅臭味），我只是借兩位藝術大師的際遇，靜靜的在分析我們的女兒美璐而已。看來，她真的具有一種藝術家的本質，有畫畫才能，思想上也帶着一般藝術家的悲哀，她眼中看到的事，往往都是慘淡的、寂寞的、無奈的，而覺得一切都是虛幻不實在，她思想很複雜，她需要別人的愛護，她渴望別人疼愛她，像父母對她無條件的愛，又怎能要求別人能像父母的愛她，當然是不容易的事，所以她寧願選擇孤獨，但她又更怕孤獨，孤獨的寂寞往往把她壓得透不過氣來。她的自卑感也重得很，受不得別人輕視，也十分重視別人對她真心的讚賞，所以她失望時全世界都變得淒淒慘慘，而高興時又勁力十足，以上的話，不知你能否聽得明白？我自己也不知在說甚麼了。甚至，可能連她自己也弄不清楚，她究竟想甚麼？

最近她很開心，每日更是不停的畫畫，她是很用心的去畫每一張的插圖，導師們對她的插畫彬：

現在是晚上六時半，琛琛剛吃完晚飯去蒙古營騎上工，又有六七個小時給我靜靜的寫信了。

我這幾天剛看完一本「畢卡索的藝術」一書（沒辦法，誰叫自己有一個學藝術的女兒，若不文化自己一下，到頭來未免[illegible]不分，徒惹人笑話）看後總算對這位享譽整個世界最成功的藝術大師，無論在油畫、水彩、素描、雕刻、版畫、作陶器…等都有超人本領而震驚藝壇的天才總算有些認識，他的成功固不是偶然的，是天才加上苦練，可以說畢卡索的藝術生涯一帆風順，是[illegible]從來不感覺有頹勢，所以只有[illegible]前而不會後退，雖近九十高齡的老人，仍有取之不盡用之不竭的精力，而經常精神的求滿足自己的創作慾望，破壞傳統的[illegible]不斷的追求新的表現法和形式，所以一幅幅充滿生動的作品，往往從他手裏畫出來。我們一想起畢卡索的畫，自然便想起那些扭扭曲曲的人像，前後左右上下也不分，畫[illegible]像胡亂塗鴉一般，其實早期畢卡索的素描是很細緻的，也許他在素描方面所下的苦練是沒有人可以跟他比擬，（他是西班牙人）他的父親是一個美術教授，從少便受了父親影響而有一手好素描，在十八歲父親便盡所有儲蓄送兒子去巴黎去研究，期中他經過無數悲苦、寂寞、無助、傷感、[illegible]苦悶憂鬱的藍色時期，到二十五六歲之後，天才為人賞識，漸漸有自己畫[illegible]

而轉入玫瑰色時期，使他由憂鬱痛苦的調色變成溫暖的[illegible]柔的粉紅色，人也接受了樂觀的一面，接着是從阿維儂的少女一畫而發[illegible]（這些畫是畫了五個扭扭曲曲的黑人女子[illegible]）而與[illegible]立體期的立體派，綜合立體派，新古典派，超現實的變形時期及四度空間等等，他認為一幅畫只憑眼睛所看到的一部份是不夠的[illegible]表達一種感情，是不能靠具象的，應該[illegible]而且有很多主觀動態和感情，他說他經常保持情感和理智的平衡，所以他的畫有悲哀的[illegible]同時也有樂觀的一面，[illegible]「時也命也」畢卡索是一個幸運的人，當他身陷困境，飯也沒得吃，而接觸到的一切都是那樣悲痛，[illegible]而不得別人賞識，久而之絕望，困苦，無聊，[illegible]生活壓力，精神壓力，加上見棄[illegible]，縱有滿腹才華，也難[illegible]精神崩潰，終於在精神病院神[illegible]而死，[illegible]死前還看不了書他那幅[illegible]而死時只是四十多歲，[illegible]

這一封可說是一封很特別的長信，是我 1985 年，在英國陪伴美璐的時候寫給你的，也真佩服自己當時可以寫出這樣的一封信。

美璐用毛筆畫的人物栩栩如生，圖中的一頭牛，看看像你還是像她？

都是很欣賞，最近新來的一位全英國最著名的插圖導師經常留意她的作品亦常跟她討論，或許導師認為她是一個可塑造之才吧。

今天我送午餐時到她的課室逛逛，看見她個人的佈告版上也貼滿了最近的畫作，難怪導師們川流不息的來巡視她的畫了。有一位三年班的師姊說她的畫風真有點像「畢卡索」，我剛看完《畢卡索的藝術》這本登載了很多畢卡索畫的書後，我也覺得很像，尤其是用毛筆畫的單鐵線畫，線條簡單，剛健均勻，和諧而活潑，畫的風格就像璐璐暑假時畫你跟修仔下棋的那一幅。

難怪老師對她讚賞得很，畢卡索畫這種畫時已七十多歲，璐璐今年才二十二歲，能有如此表現，真的不錯了。有一幅剛完成的水彩畫，規定要一件室內的物件混合着另一件室外物件的配合一齊畫，她把自己的大提琴配上室外廣場噴泉，就組合成一幅街頭賣藝者的大畫面，人物生動而佈景和諧，極得老師們讚美，現在影印一張給你看，可惜影印後的顏色，不似原來的好看，顏色竟然改變了，把藍色變成紫色。璐璐卻認為你可能不喜歡這類畫。

她認為你會較喜歡她現在繪畫的舞台京劇人物造型的畫。我今天看見後也覺得不錯，全部都是用毛筆畫的，人物衣着造型漂亮，栩栩如生的動作，真虧她憑空怎想得出，當她這套舞台京劇人物造型全部完成後，我也會影印一份寄給你看的。希望她的衝勁能一直保持下去，則我們做父母的雖是辛苦一點，也是值得的，祝生活愉快！（圖中的一頭牛，看看像你還是像她？）

淑珍

一九八五年十月十一日

英國

彬，這是三十多年前的舊信了，我記得你當日的覆信，說我這封信不像寫信，活像一篇閱讀後的書評，還稱讚我有修讀文學的潛質。若論寫書評或文章摘要，我可沒那種本事，我只是喜歡多花心思加以想像，或許也是我的本能吧。信的前半段是看書後的有感而發；後的一段則純是借題描述璐璐當時的心態，及她在校學習的生活概況，讓你也略知我在英國的狀況而已。

老實說，有一個時喜時悲、陰晴不定情緒化的女兒，你不容易瞭解她心中想的是甚麼，更不知她隨時會做出些甚麼，父母當然是很擔心；尤其是面對着一個想像力豐富，感情脆弱有藝術家氣質的女兒，更不知應怎樣才能幫助她。幸而這個艱難時刻也給她熬過了，她終於在自己不斷努力下，年紀輕輕成為一個薄有名氣國際知名的插圖師，也有她自己幸福家庭，想起我們當年的苦心，送她出外讀書，幸虧沒有做錯，今天也可算放下一樁心事了。

好了，就此擱筆，下次再聊吧。

淑珍

二〇一七年九月二十七日

新澤西州

第23封信：中秋節

彬：

昨日是中秋佳節了，自太空人登陸月球後，嫦娥奔月、吳剛伐桂，這類古代傳統神話故事已遭破滅了，但中國人對這個節日仍是特別重視的，它象徵着人月兩圓，除八月十五日中秋的賞月外，更巧立名目的前後加上迎月和追月的二日，目的是希望一家人多些時間能齊齊整整的團聚在一起，吃過晚飯後，大家便圍在一起欣賞月色，分吃着各式月餅及數不清的合時水果……是很有意義的習俗。

記得小時，我高興的節日除了有「紅封包」可拿的中國新年外，也是特別喜歡中秋節，家裏貧窮，平日生活都是很節省的，可是每逢中秋節那天，母親像特別富有，我家的餸菜都會很豐富，除了晚餐有平日不常吃到的各種美食外，更難得的是吃着母親做「月餅會」送禮剩餘後的月餅，及平日很少一下子買那麼多的水果給我吃，飯後還可以在街上和其他孩子一起玩燈籠。燈籠雖然是我自己做的，但也夠我樂一整天了。

直到與你結婚後，每逢佳節，都是與你父母、兄弟、嫂嫂、姪兒們二十多人，大家圍在一起歡度的大家庭聚會，這樣的日子也過了很多年了，算來最熱鬧自是爸爸和阿娘住在美孚新邨的時候了。那時我們已有四個孩子了，孩子們是最喜歡玩的，他們最高興的是吃完晚飯後，拿着燈籠到花園平台上到處逛逛，我倆也跟着一起去湊熱鬧，熙來攘往，都是手拿着花燈的孩子，情況真熱鬧。

後來，阿娘過身了，沒有了母親的家，是不完整的了，美孚開始冷清清了。尤其在你休假去了英國那一年，家人在節日的時候，也難到齊，往日大家庭的熱鬧氣氛也消失了；三年後爸爸也相繼而去，從此兄弟們開始各自過節日。

雖然你是喜歡一家人在節日中，熱熱鬧鬧團聚在一起，但孩子已漸長大，一個一個的都跑到外國讀書了，除了暑假或聖誕假可以回家外，中秋節他們通常都不會回家過節，節日時雖不像以往熱鬧，但我們兩人仍是依舊一樣高高興興地度過，除了準備拜祭祖先的物品，你也總會要我煮些你喜歡吃的餸菜，晚上兩人仍如以前的食月餅、賞月，或出外逛逛。退休後，我們移居澳門，澳門的中國傳統節日氣氛特別濃厚，每逢佳節各處都是張燈結綵，在輝煌的燈飾點綴下，每一個傳統的中國節日，倍覺熱鬧。

直至移民美國後，在不同的生活文化下，節日氣氛自有不同，除了在中國超級市場有售賣傳統節日的物品，知道是中國節日外，根本一點節日的氣氛也沒有，因祖先也跟我們一道移民了，在節日裏我們都要具備應節食物拜祭祖先，加上一向嗜食的你，也想藉此機會大吃一頓，所以每個中國節日，應時食物總不缺，家裏還是挺熱鬧的，可惜，這段時間是極為短暫，只是維持了五年光景，你便離開我們了。

彬，去年中秋節的這段日子，我真的不知怎樣度過，今日是中秋節的翌日，我記得去年的今日，你已離開我一個星期了，那一日，是五福殯儀館替你選擇好葬殮的大日子，我最後的一次與你見面了，一個永遠忘不掉的日子。

那天，早上十時，我們一家人提早便到達紐約市的五福殯儀館，五福給了我們一個最大的禮堂，禮堂靈前放上你早選定的棺槨，而你則衣着整整齊齊的睡在上面，穿着得活像以前你準備回學校上課的一樣。所有衣物亦是你自己提早選定的，你說：你喜歡這樣，不過，那天你卻不願起來去上課了，你太疲累了，你只是像走時一樣安安靜靜的貪睡着，睡得真沉啊！

我輕輕撫摸着你冷冰冰的臉，你那張稍為瘦削了的臉龐，一點也沒有改變，仍是那麼寬容，那麼自然安詳的睡着，我輕呼着你的名字，不斷叫着你，但你卻只顧睡着不回應我了，或許，正如我在寫《珍收百味集》一書，中途書寫時曾因被你阻攔一度中斷時，你對我說：「你這個人，真固執……我以後再不管你了……」現在你真的不理會我了！那是我見你最後的一面啊，你怎麼可以真的不回應我！真的那麼忍心不理我了！

此後，陰陽相隔，世事兩茫茫，我怕讀蘇軾《江城子》憶亡妻之詞：

十年生死兩茫茫
不思量　自難忘
千里孤墳　無處話淒涼
縱使相逢應不識
塵滿面　鬢如霜
夜來幽夢忽還鄉
小軒窗　正梳妝

相顧無言　惟有淚千行

料得年年腸斷處

明月夜　短松崗

如此哀傷之詞語，道盡夫妻相思之苦，正是年年腸斷處，無處話淒涼，相逢只能期於夢魂中，在夢裏，亦是相顧無言惟有淚千行，日子過得多苦啊，十年的時間，真的很長！很長啊！日子怎麼過？

中秋之際，我更怕看那窗前圓月，雖說「人有悲歡離合，月有陰晴圓缺」，當這「月圓人難圓」之時，徒惹人更添傷感！「寄語明月」——但願我倆相會也期於夢魂中吧！

彬，我越說心情越難過了，越說越傷心了，不說了，下次再聊吧。

淑珍

丁酉年農曆八月十六日中秋節翌日

二〇一七年十月五日新澤西州

與你結婚後，每逢佳節的大日子，都是與你父母、兄弟、嫂嫂、姪兒們 20 多人，大家圍在一起歡度的大家庭聚會。

我輕輕撫摸着你冷冰冰的臉，你那張稍為瘦削了的臉龐，一點也沒有改變，仍是那麼寬容，那麼自然安詳的睡着，我輕呼着你的名字，不斷的叫喊着你，但你卻只顧睡着不回應我了。

幻覺中，你是愛惜的這樣回應我：淑珍：生活愉快！保重啊！

第24封信：假如可以轉換？

彬：

近日我經常會想一些不切實際、極無聊亦不可能實現、純屬「天方夜譚」的假想，就是「逯大嫂假如真可以走在逯耀東先生之前，而你卻能依承諾的走在我之後」的想法，假使真的可以這樣，逯大嫂和我的情況將完全不同了。若果上天真能給我們自行選擇安排的話，那多麼好啊！前的一句話我記得是你說的，後的那句是你走後我附和着你的意思加上的。

記得，二〇一二年我們去台灣探訪李廣健，他專誠的帶着我們去台北逯大嫂住的老人院探望她，那時的逯大嫂，家財已被歹徒騙盡了，後更不慎的跌倒，導致左手折斷，行動不便的靠坐輪椅，我們見她時竟連說話也模糊不清，只見她對着廣健不停的說着話，並用右手不斷的在指劃着，我們根本聽不懂她在說甚麼，或許廣健聽慣了，說她到這一刻，仍想別人替她籌措一筆近一百萬的台幣給她作最後的一次投資，並言之鑿鑿的說，她會很快便有倍數的回報。真不明在那個時候，她心中怎麼仍有這個想法？

翌年，廣健傳來逯師母辭世的消息，你得悉後不禁茫然難過，也嘆息的說：「她總算脫離苦海。假如她死在丈夫之前，而留下的是逯耀東？時間若可以轉換的話，情況當不致落得如此結局！」

若在逯先生逝世前，你這個說法，我是不會認同，也不會這樣想，這得從認識他倆夫婦開始說起了：

記得一九七〇年我在九龍城的樂口福潮州菜館食晚飯，那是我第一次見逯耀東先生，最初他給我的印象，只覺得他談話時，議論滔滔，談笑風生，煙不離手，是一位善於交際的彪形漢子。那時崇修週歲還沒有，不客氣的撒了一泡尿在他手上，作見面禮了。

後來，他由台灣大學轉到香港中文大學新亞書院歷史系任教職，漸漸我也跟他夫婦相熟了，他們雖沒有孩子，但卻很喜歡小孩，所以，後來更當了崇尹兄弟及美璇的誼父母。

夫婦兩人，逯先生的豪情爽朗，對金錢的絕不斤斤計較，與逯大嫂的聰明睿智、心思細密、

逯先生（左三）的豪情爽朗，對金錢的絕不斤斤計較，與逯大嫂（右一）的聰明睿智、心思細膩、事事兼顧，正是一對互相配合絕佳的恩愛夫妻。

事事兼顧，正是一對互相配合絕佳的恩愛夫妻。逯先生的沉潛教研、著書不輟，逯大嫂的閒時學學畫畫、學習雕刻玉石印章，多高雅的愛好，令我非常羨慕，想他們雖無兒女，日後有書畫相伴，亦不愁寂寞，實一賞心樂事！竊想，他們兩位真是極懂計劃日後生活的人。

逯大嫂給我的印象是一個心地善良、善於理財的好妻子，是家中處理財政的人，對丈夫用錢疏爽，毫不介意之外，更能不斷的累積下不少儲蓄，極得丈夫信任，誠一絕頂聰明才智兼備之人，她也頗為自信的——因此種下日後嚴重受騙仍不醒覺的原因了。

夫婦兩人形影相伴不離，出雙入對，固是絕佳一對，然終有日一人會先行，若論留下的一人，自是逯大嫂的善於處理自己日後生活，較令人釋憂慮，所以，你說的那句，在當日我覺得你的看法是不對！

二〇〇六年，逯先生在台灣連續做了兩次手術後，終不治逝世了，本來逯先生遺留下有兩層房屋、儲蓄財物，及家屬仍可領取的半份退休薪金，假若逯大嫂在喪夫傷痛之後，請一女傭家中作伴並替代做家務，自己閒時寄情於書畫雕刻印章裏，錢財應不會短缺的，可安度晚年。想不到一向聰明能幹的逯大嫂，逯先生剛辭世，心靈空虛，傷感之下，不假思索的糊塗起來，竟然「親小人而遠君子」，可以信賴的朋友與學生她偏不信任，卻不斷的聽無良歹徒誘騙，亂作投資，數年後家財盡失，一無所有，最後落得百病叢生，僅靠逯先生的半份退休金過活，而屈居於老人院而終。可嘆的至後期，始終仍不肯承認自己會受騙！

當然，一向善於理財的她，是極之相信自己的處事能力，歹人就是利用她善良、自信、好勝的心理，乘她在丈夫逝世後，心靈脆弱對周遭環境分辨不清底下，不斷向她圍攻誘騙，很快的，財物便一掠而空了。

很奇怪，以前她家中的財政，亦全是她一手處理，那時卻管理得頭頭是道，怎麼丈夫一走，便變得如此差勁？難怪她由始至終也不明白，亦不服氣！我也不明白啊？那是甚麼原因？你只隨意回答我說：「那是逯耀東的本事，他像鍾馗一樣的保護在她身邊，四方小鬼，怎敢來向她侵犯！」說得有理，真的，逯先生一走，各路小鬼便群起向她圍攻了。

你說得也對，假如逯大嫂先丈夫而去，一定不會發生後來的事，時間若真可轉換的話，以逯先生的性格，喪妻之後，雖感孤獨，但仍會寄情於寫作、飲食中，更有熟悉朋友相伴、學生照顧，餘下日子，定可富裕的安度晚年。

不要盡說逯先生夫婦的故事了，我兩人又何嘗不是這樣。實在的，你真不應先我而去，你真的很忍心啊！想我一輩子，自幼孤苦，孩提時代，父親便早喪，幸尚有母親提攜，俟母親走後，雖哀傷難過了一陣子，後來的日子，一直也有你在旁陪伴，日子尚不算難受。婚後的五十多年，二人都是形影不離相依相伴的生活着，從沒有真的離開過，今你一旦遽然離我而去，漫漫長路，唉！我以後寂寞、孤單的日子將會怎麼過？

彬，不要以為我真是一個很堅強的人，結婚五十多年，我只在家中相夫教子，繁瑣家務雖全是由我處理，表面看來我像很獨立、很倔強、很霸道，處事態度活像一個女強人，其實我自知，我是一個感情很薄弱、經不起大風大浪的人，我的外面世界實在也太狹窄了，幸得有你相伴之下，外面的風風雨雨你都代我一一遮擋着、承擔着，所以我才可以堅強的活下去。

後來，我屢遭病患，手術也做過好幾次了，我以為自己一定會先你而去，所以才會答應你移民跟崇修他們，只希望若我走後，你也有兒子陪伴，並要求你一定要讓我先行，不要留下我獨自一人的在異地生活，我知道，我是很難適應陌生環境的。不過，你不守承諾了，留下我今日的遺憾！雖然兒媳在身邊陪伴着，這是他們的世界啊！我是很難投入的，內心深處我總感覺得是很孤獨、很鬱結、很無奈、很寂寞，心也累得很啊！

相反的換了是你，若我先你而去，你當然是十分難過、對我亦十分懷念，生活上沒有至親的身邊人加以照顧，也有一時的不習慣。但以你豁達、隨遇而安的性格，我想，很快你便會投入美國新環境，適應他們的生活了。「繼圃齋」中更可以繼續專心的寫你數不完的各類文稿，寫作是你最大的嗜好，閒時更可以去練習寫寫書法，以作消遣。有兒孫相伴，假期可跟兒子一齊出外的到各處旅遊，瀏覽各地的風光，更可遍嘗各地的美食，我想，你的日子還是容易過的，心情自會漸漸的舒泰起來。這總較我對甚麼事也不投入、對甚麼事也不愛好的生活好得多了。

彬，你走後，我總愛胡思亂想的想着你，想着你做的每一件事，想着你說的每一句話，你對故友觀察得尚且如此細微，可有想過你走後，我今日心情又會怎樣？唉！真的百般無奈啊！留下陪伴我的只有無限的思念！

前塵往事的想了一遍又一遍，借你說的一句話：假如我們走的先後次序亦真可以轉換的話，那多好！你總不會反對我這樣說吧！

真的廢話連篇，不說了，就此擱筆，下次再聊吧。

淑珍

寫於二〇一七年十月二十二日

新澤西州

第25封信：《七十雜憶》續稿

彬：

告訴你一個消息，你後期寫的「雪泥鴻爪」，范家偉同學告訴我明年上半年中華書局已答應重新附入《七十雜憶——從香港淪陷到新亞書院的歲月》內，補充為一本完整自傳式的新書再度出版了，書名暫定為《飛鴻踏雪泥——從香港淪陷到新亞書院的歲月》，這個消息，你知道後一定會很高興，想不到成書得這樣快吧。

記得，你完成《清史稿全史人名索引》一書之後，仍整日的忙着寫這些、寫那些……寫的稿子都是不依次序，沒有連貫固定性的寫一個專題項目，只是興到即寫，你當時是非常慶幸自己晚年思維仍是那麼清晰，手尚能持筆桿不斷穩定的書寫。見此情境，當日，我想你一定有很多東西想要寫下吧？真不知你寫後作何打算，只見你興趣盎然的不忍阻你而已。

可是，你走後，留給我的卻是那麼多難以解決的問題，我不知從何開始，亦不知應該怎樣處理。我不忍心看着你付出了那麼多時間與心力，最後卻演變成一大堆廢紙，我不知怎樣做才能幫助你，代你完成；更不知怎樣做才是你的意思。我能做的事，真的太少了，我只能事事易身而處的想，換作是你，你將會想怎樣做？最後，幸得同學們的協助，我做不到的，他們都幫我做了。

還是說回「雪泥鴻爪」成書的過程吧。也是去年的事了，我回香港參與你的追思會，約會中與陳萬雄和范家偉兩位同學談及你遺稿的事，他們都認為「它」極具出版價值。後來我把整理好的文稿傳送給家偉看看，能否把它編輯成書，數天後家偉傳來的閱後結果，建議把新補充稿件輸入《七十雜憶——從香港淪陷到新亞書院的歲月》一書中合二為一，這樣既有完整的時間為「經」，及有充足事件人物為「緯」，可以說互補二者之不足。真虧家偉想到，如此一來卻辛苦他了，害他花一段時間整理，全書才可以重新編排整理完成；也幸得陳萬雄力向中華書局進言促成，終定於二〇一八年五月底出版了。

至於書名問題，書寫時間不同，《七十雜憶……》的書名當然不可再用，你原意是用「雪泥鴻爪」做標題，卻因唐端正先生前年送給你的新書已用了，不便再用，我參考你「雪泥鴻爪」的意思，改用「飛鴻踏雪泥」為書名。為了明確點出書的內容，家偉打算再沿用《七十雜憶——從香港淪陷到新亞書院的歲月》的副標題，暫定為《飛鴻踏雪泥——從香港淪陷到新亞書院的歲月》你覺得怎樣？不錯吧！

告訴你一件事，美璐已答應為你新書封面和封底作插圖，女兒替父親的書畫封面，是多麼難得、多麼有意義的一件事，想你一定很開心！

還有，我情商得萬雄為新書作序言，我知道你出版《七十雜憶——從香港淪陷到新亞書院的歲月》一書時也是想他寫序的，他推辭了而轉寫「跋」，這次他答應了。你的意思也會是這樣想吧。

總之，能代你完成這一件事，我是很高興的，若不是萬雄、家偉他們幫忙，成書也真的不容易。「它」是你生活了八十多年的歷史見證，對我倆來說，也是一件十分有意義的事，是你留給我最後一份珍貴的禮物，是記錄着我倆同在一起一片片、一段段的回憶，當中更有多篇是你回顧歷史的處世之道，與論事懷人的感言，是給年青人一種切身體會的啟示，實是一本好書，此書的補充版，是值得重視的。

我下年六月底回香港時，應目睹此書，在香港的書局中出現了。

就此擱筆，下次再聊。

淑珍

二〇一七年十月二十六日

新澤西州

第26封信：重陽節

彬：

今日是農曆九月初九重陽節，天氣出奇的好，應節的適合登高行山人士。已是深秋的季節了，我穿着你遺留下的黑羽絨外衣出園中走走，也不覺得特別寒冷，樹雖已開始落葉，不過在柔和陽光照耀下，「衣冠塚」周圍的景色，樹上的樹葉仍是千紅萬紫、七彩繽紛的，在上空互相掩映微動下，景色顯得確是很美，想你亦覺得很好看吧。

春暉園上一個月我們剛到過，今日雖是重陽，我們不來了，其實以往我們在重陽節也沒有去拜祭先人的習慣，在這天只是應節「登高」的往外面逛逛，祖先神枱上改上三枝香及鮮花敬奉而已，今日祖先靈前，我仍依慣例的上香及在神桌上擺放着你喜愛的紅柿子。彬，你若記掛着我們，你可到園中「衣冠塚」那裏停留、逛逛啊！我每日早上都會在那裏見你一會的。

自你走後，後花園總覺得靜悄悄、冷清清的，記得，以前每當天氣好的時候，你總愛走到後園燒烤爐旁邊，慣性的坐在燒烤桌旁的椅子上，悠閒的嘆杯咖啡或喝杯奶茶、食件甜品……有陽光時你會戴上帽子坐在那裏閉目養神，寫意的在曬太陽，去年的復活節，你病情尚沒有惡化的時候，後園中也常見到你的蹤影，你一向都是喜歡這種舒適無拘束的生活。

可惜，這段日子太短暫了，想不到今年的復活節，卻是我親手替你在園中「造」了這座「衣冠塚」，「它」就安設在你最喜歡坐的椅子後面樹蔭之下。歲月不饒人啊！真有「去年今日此園中，人葉叢中相映紅，人面不知何處去，紅葉依舊舞西風」之感嘆，依稀往事，令人無限唏噓、惆悵！

彬，你走後一年有多了，這段時間，後花園中的燒烤爐，一次也沒有動用過，我們根本沒有這種歡樂情懷，亦提不起在園中燒烤興趣，少了一個愛好嗜吃的人在背後推動，甚麼熱鬧氣氛也像減少了。以前崇修下班後，也喜歡陪你在後園燒烤枱前坐坐，一起飲杯咖啡、說說話，等吃晚飯，現在他也很少在外面坐了，偌大的一個花園，杳無一人，想你也不習慣吧。

我告訴你一個消息，明年六月底，我準備去香港三個月。崇修一家跟親家母及蔚青的二家姐、姐夫一同去澳州旅遊三個星期，也順道探訪她二家姐的女兒；我不跟他們一道去了，就着這段空檔時間，轉去香港一行，幸得親家母去完澳洲後又轉來美國照顧兩個孫兒，這樣我可以在香港多停留一段時間。

我得計算一下時間了，現在到明年的六月底，算來雖不是時間相隔很長，但對一個年近八十歲的老人來說，可說並不算短了，半年後身體變化得怎樣，真的不可預料，不說別的，只要看你去年復活節生日期間，仍然可以到處的走走逛逛，也各處找尋你喜愛的食物，怎料半年不到，你便如此虛弱的離我而去。人生無常，變化莫測，真連自己也不敢確定半年後將會變成怎樣？更沒信心計劃未來長遠的事。正如你說，只能過一日算一日，做一日和尚敲一日鐘了。

近日腰腿舊患總是不定時的感覺痠痛，行動也遲緩了，使我更添憂慮，我想，應是你走後這段日子，我少出外走動缺少運動而引致吧，老實說，我現在真的沒興趣一人出外走動，寂寞漫無目標的四處亂竄多無聊，可是，我若仍如現在的每日只是困守家裏，全不出外走動，不久之後，行動真的會有問題了，「臨急抱佛腳」的方法，只能在家多做運動。或在天氣好的時間，在園中每日多走幾轉，也算運動了，這樣你將會在園中經常見到我，有我陪伴，你也不愁寂寞了，希望這個方法，持之有恒下有好的效果吧。

彬，我真的希望明年六月底能安然的再到達香港，除了實現這次去香港的計劃外，當然，更

歲月不饒人啊！真有「去年今日此園中，人葉叢中相映紅，人面不知何處去，紅葉依舊舞西風」之感嘆，依稀往事，令人無限唏嘘、惆悵！

重要的，希望靜靜的再次到我倆曾經相處過的每一個地方去停留、去徘徊、去回憶、去思念，或許這真是我最後一次的到那裏了！

香港是我倆歷經六十年刻骨銘心同在一起的地方，一幕幕的前塵往事，數不盡的回憶，哪怕是最後一次，無論在甚麼時候、甚麼地方，我相信、也感覺到你永遠是與我同行，我們的心永遠在一起，你應是常陪伴在我左右的，彬，你說是嗎？

彬，重陽節我們不到「春暉園」見你了，卻在信中跟你東拉西扯嘮叨的說了這一大堆話，你不會見煩吧。好了，就此擱筆，下次再聊吧。

淑珍

丁酉年二〇一七年十月二十八日　重陽節

新澤西州

第27封信：修祖墓

彬：

堂姪女美麗今日傳來電郵說鄉下祖墳已全部重新修好了，光叔他們已選擇了吉日並約居港子孫一同回鄉拜祭，拜祭儀式看來也相當隆重，她還傳上數張照片給我們看看，去墓前參與拜祖的子孫也很多。

重修祖墓的事，得回溯到二〇一二年的秋天，那年是我倆移民美國後的第一次回港，美麗陪同我們回鄉一行，主要是讓你知道鄉中祖父母及其他已故的叔嬸一共九位的先人墓地已修築好了。你是特意回鄉拜祖的，同時非常感謝在鄉的堂弟「光叔」獨自一人，把先人骸骨從各處原葬地收集於靈龕中，並臨時整齊的逐一安放在政府劃定的墓園裏，不會因原葬地遭政府重建計劃興建新區而致散落流失，各先人遺骸幸保不失的尚留有一完整的安置地，真得謝謝居鄉中光叔的一家。不過墓穴真的太簡陋了，連一個似樣的墓碑也沒有，各先人只像臨時全部安置在一個開放式的大墓穴中，也不能遮風擋雨，只是用紅紙在金龕外面寫上他們的名字，一個一個的平列擺放着。

你有感於先祖父「芳圃公」一生為子孫辛勞，創下基業，不忍見其死後墓穴卻簡陋如此，心中已定下重建修墳計劃，只因蘇家後代子孫衆多，且散居各地，亦想及「先祖」非一人專有，亦應該各地子孫合力重建為宜，故回美國後即着意籌備子孫捐款重建祖墓計劃，並仔細的繪畫着重建祖墓的各様圖片，可以説，祖墓得以重修，你是子孫策劃中的第一人了。

這雖是一項極有意義的事，其實也不是十分艱難，但辦起來卻絕不容易。要人出錢重修，總是一件困難事，也意見不一，不説人心各有不同，思想各異，單是子孫遍佈各地，聯絡通知也頗費時間，也不知費盡幾許唇舌，寫了多少信函，往往更惹得一肚子的氣，一年多了才籌集得九萬多元，當中更多是我家及良伯一家人捐助。相信重修祖墓所需款項應該也差不多了，最後崇修補充説：若不足之數，他會盡數善後補上，集資金額總算完成了。

其實，這區區十萬元不足之數，我家獨出也並不難，何必大費周章的四處籌集，自討苦吃，你卻不以為然的認為理應如此，先祖是衆子孫的祖先，也是他們的根源，修祖墓是子孫們應承擔的責任，要他們集資稍盡一點力後，目的只是想他們知道家鄉有祖墓這件事，不要忘記自己的先祖，能慎終追遠，日後蘇家家祠雖或被拆掉，蘇家子孫仍有根可尋，回鄉時尚有先人的祖墳可供祭祀。否則身為子孫，家鄉事卻懵然不知，那真是可哀的事了！

彬，你對重修祖墳的心意本是用心良苦，可惜又有多少子姪能領會你的苦心？無論怎樣說，籌募資金重建祖墓的任務總算告一段落，終於完成，跟着便要回鄉準備祖墓重建的事項。

記得，那是二〇一四年八月，我倆移民美國後第二次回香港，那次你是帶着重病回港，心情是非常沉重的，經醫生診斷後，確定已身罹惡疾，胃癌細胞已開始擴散於胸腹，若不急作治療，生命僅餘半年。所以我們只得匆忙的回港二星期，除交代與中華書局簽署《清史稿全史人名索引》一書出版合約外，更千辛萬苦的回家鄉一轉，把籌款重建祖墓一事相託於光叔父子。雖在患病及炎熱天氣下，亦往祖父墳前祭祀，想及新建祖墓恐此生也見不到了，這次回鄉相信是最後一次，也是最後一次的拜祖了，不禁黯然神傷！

鄉中子弟，是極為迷信，他們不敢隨意移動墳地先人遺骸，尤其光叔一家，他覺得現時家中頗是順景，覺得那處墓地風水很好，能福蔭子孫，必須審慎擇一良辰吉日，方敢重建祖墓，故一直延緩至二〇一五年秋天吉日方始動土，新墓穴築建好後，又要請風水先生另擇一吉日再把先人靈龕重新移請入新墓內，現在重修祖墓工程總算正式全部完竣，墓碑也豎立了，前後足足費了三年時間才修墓完成，若非一再延緩，這新建的祖墓或許你也可看到了。

不過，你看後可能也惹來一肚子的氣，重新建好的祖墓，全不是依你的想法建造，從傳來照片看，「它」仍是「換湯不換藥」的像以前一般，依舊是九位先人全部都安放於一個開放式的大墓穴裏，若有大風雨時，仍是一樣不能遮風擋雨，不同的是整座先人的墓穴看來整齊得多，比以前大，也比以前高，墓穴二進式的形式，深闊很多，可遮擋陽光，墓頂斜蓋着一列綠色的大厚瓷磚，看來真像被了一件濃厚鄉土味的華麗新衣。

在墓的前面豎立起一座四旁灰色雕花圖案，中央漆黑色的大碑石，碑石上一起排列着的刻上九位先人之名諱，碑的右角刻上重建祖墓日期，碑的末段則刻上眾子孫永奉祀，並不是依照你交代的分碑分輩而立，幸尚能分資排輩的中央正中刻上祖父芳圃公及三位祖母的姓氏，三位叔叔、二位嬸母的名字則各按輩分，分別的刻上兩旁，也算做得不錯了，這當然又不是你原來的意思。彬，不是自己親自處理的事，自不能盡如自己意思，不要太執着了，隨緣吧！修祖墓的事既已交給光叔他們，做得怎樣也得隨他們的意思了，可以做的事你已盡力做完，不要再記掛，我想，祖父一定會領受到你心意的。

其實，重建祖墓的事，你真的亦只能委託光叔他們，在鄉中只有他們一家是你們直系親屬，光叔年紀也近八十歲了，幸而他有做村長的兒子可以在旁幫助，辦起事來亦較方便。我們也知道光叔母親的骸骨也是一同安放在一起，料想，他們一定更着重先人走後能有一舒適安息之所，盡子孫之責，可以福蔭後人，只是沒你想及得那麼遠、那麼着重意義而已。

對修祖墓的事，其實他們都是很重視的，只看他們早前對先祖的表現，也是值得嘉許的。他們新修的墓想來亦花費了不少心思，只是觀點不同，做法各異，或許也是依循鄉中俗例，喜歡用自己方式處理。祖墓的事，日後還是要鄉中親人加以照顧，或許這是他們認為最適合的方式吧，又或許真是祖父喜歡祖孫同聚一堂，大家庭式的仍是這樣同在一起吧。

彬，完成重建祖墓的事，姑勿論你認為合意不合意，適當與否，能給予蘇家子孫回鄉祭祀先祖的目的已達到，也總算了卻自己一件心事了，作為子孫的你，可說對先祖也盡了自己一點責任，其他事不要太介懷，放下安心的，一切隨緣好了。就此擱筆，下次再聊吧。

淑珍

丁酉年二〇一七年十一月三日

新澤西州

2017 年 11 月 3 日，堂姪女美麗傳來電郵說，鄉下祖墳已全部重新修好了，歷時三年的工程，終於完成。

第28封信：《清史稿》電子本

彬：

節錄了一段袁美芳於二〇一七年十月八日寫給我的電郵給你看。

師母，最近，看了中大的古籍電子本，我很想趁我仍有心力，把老師的《清史稿》關外二次本電子化，但原書在紐約，如果師母不反對，可否下次回港時給我帶回一批原書，其餘的讓我從紐約回港時，又帶走一批，如此螞蟻搬家，數年後就可完成電子本，給學者查考就更方便了，師母，意下如何？

彬，美芳這個提議多難得啊！我又怎會不同意，只是不敢請矣！我想，你知道後，一定很欣慰而樂於接受。若此電子本完成，則你早前的憂慮當一掃而空，當可釋懷了，也是歷史學界研究清史學者的一大貢獻。

想起，你經歷千辛萬苦編撰完成的《清史稿全史人名索引》一書，是根據《清史稿》的關外二次本編撰，前後費時五十多年，歷時過久，原稿本已幾近絕版，學者縱有心，亦找尋不易，終是一個難解決的難題！完成《清史稿全史人名索引》一書，前得美芳多方協助，也花了她三年時間的參與，感情上對此書固然亦有所感受，故有此建議。

其實，你走了之後，崇修早想及這個問題，說最好的方法，是把家中藏着的《清史稿》關外二次本的原版本，登載上網，刊作電子本，簡捷查閱下，對你的《清史稿全史人名索引》及對於專門研究「清史」的學者，提供資料自為方便完善得多了，可惜他不是擅長此類學術的人，亦沒有此等細心、時間及耐性，因而作罷。

想不到，美芳竟然亦有此想，而且更不辭辛勞的肯承擔此項悠久費力、螞蟻搬家的方式想把《清史稿》的關外二次本轉移刊作電子化，這又得要她花數年心力和時間才能完成了。

她的想法，我覺得與你編撰《清史稿全史人名索引》心意一樣，非為名，亦非為利，只是一個「讀歷史學者的使命」，主要想助你完成心願，補充《清史稿全史人名索引》的不足及遺憾。是新亞精神的驅使——如新亞校歌中的心境「……艱險我奮進，困乏我多情，千斤擔子兩肩挑，趁青春，……是我新亞精神！」，與你寫此書的心情，同是一脈相承而已！真難得啊！

說起你能完成《清史稿全史人名索引》這一書，過程也真不簡單，編撰情況，彷彿歷歷仍在眼前，在全書完成後我曾經寫給美芳的一封致謝信，當中歷程亦可窺見一二，希望你不會覺得嘮叨的，現在我重複再節錄寫一次：

美芳：……最近真的把您忙壞了！希望不要把您的眼睛也弄壞了，不然我們真的不好意思，無論如何，《清史稿全史人名索引》之能提早付梓出書，真有賴您們一眾同學的相助，及陳萬雄力向中華書局促成，我們衷心向您們致謝！您們對老師真好，這真是他的福氣！

讀《清史稿》館長趙爾巽老先生之發刊綴言，寫出他自覺責重寢食難安，垂暮之年，再多慎重恐不及待之言……其後他寫「心力已竭老病危篤行與諸君子別矣言盡於此……」情真意切，無奈之情，令人感動，思之下淚！

想來蘇老師之能完成此書，也毫不容易，處境亦環環相扣，若不是他能在研究所多留任幾年，他也不能把難以估計的抄錄咭片轉寫去每冊三百多頁的三十冊草稿上，留待日後再整理。

數十年來雖事務繁忙，但他從沒有放下這個心意，從我們婚後的多次搬遷，這三十冊草稿總是隨身攜帶，從不假手於搬運之人，可見他是如何珍之重之唯恐有失！間中斷斷續續的亦略有整理，這是需要很大精力及放置很多參考書籍，需要一個大空間，才能重新整理，直到在中大退休搬遷到澳門後，有寧靜的環境，眼力雖不太好，這時，他才可專心不斷的把舊手稿再重新修整，想不到這樣修編整理也過了近五年才能整理好，因是手稿難以成書付印，兩年前幸得美芳您相助植字，又恐老師太傷眼力，更兼顧多番校對才可快速完成全書，這樣又過了兩年多了，期中諸事更多勞明釗及家偉不斷費神相助，都有勞您們了，若不是有您們相助，我想，蘇老師在生之年，也不可能完成此索引，此惡疾若發生在早幾年，時間上、體力上、及心情上也不能寧靜下來，亦不易成書，今天假以年，讓他長壽安靜度過這些年，或許老天助他能完成這個心願吧！也可不負錢老太師的囑託……

在全信中，我簡約的把你兢兢業業，編撰此書的全部歷程，娓娓道出，我想，你也會同意我這樣說的。其實，影響你編撰此書，歷五十多年而仍不放下的主因，從錢老師寫給余英時先生的一封關於新亞研究所的信，信中的意思，昭然可見對你影響極深，我也節錄抄寫下來，信中內容是這樣寫的：

穆之離去新亞乃早所決定，然不謂其演變驟至於此。至研究所之將來則更覺可惜。實則穆自耶魯歸去，即無多餘力放在研究所方面，然終還能成一局面。此下極難設想……留所研究諸人中亦尚有可希望者。

然自中文大學成立，研究員補助金相形之下，較之在學校有課程者，報酬相差過遠。又兼在上之人各以私心為好惡，漸有奔競趨媚之風，日增抑鬱不平之氣，不僅學問不長進，而性情志趣亦日以汙下，此最可悲。若循此心性，恐不過一二年，以前成績即將掃地而盡。

穆自離去，心中最感不安者，惟此一事，然亦無可為計。明春返港，決意退避一旁不再預聞，以靜待其事變之究竟，此亦無可奈何之一途耳。

錢老師信中這一番話，說得十分沉痛，據你所知，老師最初辭去新亞書院院長職位時，仍有意留於研究所，指導研究人員繼續從事研究工作，可見他對研究所關懷愛護之深。後來因涉及一些不愉快的事件才全抽身而離開，遠赴台灣。信中雖説返港決意退避一旁，對研究所之事不再預聞，但你知錢老師對所中之事，心常掛繫根本放不下，對研究所及研究員仍是一貫的關注。

這點，從你《清史稿全史人名索引》付梓感言中清楚感受到，你感言中説：「錢師返台定居後，念念不忘，以何佑森所抄錄卡片，仍甚具價值，來函囑余將何君散亂存於研究所之卡片，收拾寄往台灣國史館，足見錢師對所抄錄之卡片之珍惜、重視……」。又錢老師寄給你另一信函中也説及此事並向你提點的説：「……《清史稿人名索引》已在《中國學人》中見到，此項工作終是有用，倘能添印單行本，以便需要者索取則更佳……」，由此可證錢老師身雖在台灣，心仍時刻關注着香港「新亞研究所」中的一切。

就憑着錢老師有感而發的說：「留所研究諸人中亦尚有可希望者」及認定你做「清史稿人名索引」此項工作終是有用的鼓勵下，多年來雖是研、教繁忙，你對人名索引未竟的工作，時續時斷的從不放下。

彬，你在付梓感言末段又說：「索引之編寫工作，始於一九五八年，至今二〇一四年冬，歷五十六年，始告完竣，愧疚殊深！時至今日已年逾八十高齡，身又罹惡疾，距大限之期不遠矣！唯一堪告慰者，昔日錢師籌劃整理《清史稿》工作之宏願，因經費不繼而中斷，今得以完成者，僅此一小部份之《清史稿全史人名索引》告成，稍可圓錢師期望之萬一而已！」

由此觀之，你早已立意遵行錢老師的囑託，兢兢業業的編整經年，只期不負老師所寄望而已。唐端正先生在你的追思會中曾說五十多年後能看到你出版這書，不致聲沉響絕，無疾而終，相信是你此生的最大心願，莊子云：「美成在久」，他實在替你感到慶幸。你的守諾及毅力，由此可見一斑！

雖然，遲來的索引面世，其事雖小，守諾重信，意義重大，箇中雖有不足之處，也如錢老師所說，能完成此項工作，終是有用！現若更得美芳不辭勞苦的把《清史稿》的關外二次本上網刊作電子本，以作輔助查閱，是一個很好的解決辦法，不過，把這套一百三十冊的《清史稿》刊作電子化，真是一項多麼艱鉅的事情，可不容易啊，我也真佩服她！

由此，更引證了您們一脈相承的師生關係，艱險奮進，困乏多情，正是新亞精神的感召！多難得啊！我們都得替她加油、加油了！

就此擱筆，下次再聊吧。

淑珍

寫於二〇一七年十一月二十八日

新澤西州

前後歷時 50 多年，經歷千辛萬苦編撰完成的《清史稿全史人名索引》一書，是一個「讀歷史學者的使命」。

第29封信：踏葉而行

彬：

北風颯颯，黃葉飄飄，風吹捲落葉，隨風飄舞，遍地盡是枯黃的一片。記得，重陽節寫給你的信時還讚美的說，樹叢中盡是萬紫千紅、七彩繽紛的樹葉，迎風搖曳下，園中景色確是很美，真有「紅葉題詩」的前人思古情懷。想不到一個月不到的短暫時光，園景已換了另一個樣貌，樹葉紛紛變作枯黃無依的隨風飄落，灑滿一地，樹上偶掛有殘餘的枯葉，也不堪「北風大人」一擊而脱落，只剩下光禿禿的高聳樹幹，孤單寂寞的在等待，期待明年春天的來臨。

際此景況以喻人，何其相似，有感萬物原是天地宇宙之過客，人生更是如此，所謂「人事有代謝，往來成古今」，不管你是王侯將相或販夫走卒，人生總經不起無情歲月的不饒人，多無奈啊！

彬，你在寂靜杳無一人的園中，當常見到我傻乎乎的環繞着四周漫無目的在園中來回踱步，或許鄰居見到，也覺詫異的不知我在找尋甚麼、想甚麼！真是一個閒得很又古怪的老人，才會有如此莫名其妙，無聊的舉動。

我雖獨自一人在園中，可是一點也不覺得寂寞無聊，因有你的相伴啊！當我每次站在「衣冠塚」旁，潛意識中總幻想到面對的是睡在春暉園中的你，彬，你會陪伴着我一同攜手在園中來回踱步的，是嗎？

街道上間中有車輛經過，在一片寂靜的園中附近，除偶有帶狗隻散步的路人經過外，渺無人跡。經常不斷聽到的是上空由遠而近緩緩傳來響亮頻密「隆隆」的飛機聲，更有百鳥在樹上的爭鳴聲、風吹落葉的「沙沙」聲，還有松鼠活潑跳躍穿梭於各處樹叢草地上玩耍，或見鹿兒攜妻帶子、聯群結隊的在林中覓食穿梭經過——周遭的環境，活像處於另一個動物的世界裏。動物的偶爾經過、飛機聲、鳥聲、風聲，打破園中的一片寂靜蕭條景象，稍解一時的寂寞。

其實，在園中信步而行，給我最好感受的一刻，是踢着草地上堆積了厚厚已乾枯了的一大堆黃葉，當我每一步踏過它或踢着它漫步而行發出的踏葉聲響，我恍似聽到後面也同樣有「沙沙」

聲響的踏步回聲，冥想中真像你尾隨着我同在草地上「踏葉而行」，這感覺多好啊！

以前，阿娘常擔心她走後，靈魂不知回歸何處？那時我真沒用心的想過，是否真有靈魂這回事，只是怕她擔心日後不知魂歸何處而每日耿耿於懷，遂許諾她回歸我家，她走後我家便一直有祖先神樓以作供奉。想及她四個兒子當中，現在亦僅得我家安置有祖先神樓，得以香火祭祀，我既許諾了家姑，有生之日，定必繼續安奉。若我走後，隨着時代改變、思想不同，神樓能否繼續保持，則不敢強求了。

阿娘雖説是一個傳統保守的婦人，卻是一位不平凡的鄉村婦女，除了不怕生活艱難，沒有丈夫及叔伯的支持下，在戰亂期間，仍能刻苦獨自在鄉間帶大四個孩子之外，更勤儉的薄有積蓄置業，可見，這位慈祥的母親多能幹！所以，你心中對母親無私的愛護，一向對她都是很敬重，及孝順她。

我除了佩服她能勤苦耐勞，不怕辛苦的帶大兒子的偉大母親外，一直以來我都覺得她是一位聰明睿智、觀事細微的女子，在日常閒談説話中，往往都有真知灼見的言談，顧慮的事情也很透徹，而事後的發展，通常都會給她一言説中，我想，若生長於現在，她或是蘇家一位傑出的哲學思想家。

言歸正傳，説回靈魂存、歿的問題，阿娘確信人死後，是有靈魂的存在，因此她才會有魂歸何處的憂慮，當然可說她思想迷信，不給予置評，且人去如燈滅，誰可以引證人死後真有靈魂出竅離開肉體，能留存人間之説。

從古至今，多年來任何宗教亦沒有人敢否定靈魂會出竅這個問題，從多位哲學家着意的研究下，探討是否有靈魂的存在便可見。

據維基百科記載：「靈魂」，從古至今的宗教、哲學和神話中被描述是決定目前的前世今生的無形精髓，居於人或他物的軀體之內，並對之起主宰作用，是一種非物理學現象，亦可脱離這些軀體而獨立存在，也有認為靈魂是永恒不滅。

又據：柏拉圖與亞里士多德二位名噪一時的哲學家的靈魂學説中討論，並列出三大理論來推論靈魂存在與事實：

一、時空場理論

二、時空力場

三、統一場與生命科學論據

希臘文化中，由於哲學精神方面的深度差異，「靈魂」觀念都構成了宗教思想和哲學理論的一個重要主題。論說中，作一些比較性的探討——談論人的「靈魂」時，人會有靈魂與靈魂不朽的說法，在生命科學論據中，分別以不同宗教，例如：原始宗教、佛教……以及中國人對人死後靈魂的不同看法作解釋。

更重要一點，在中國古賢學說中就有所謂「人禽之辨」，意思是說人類跟其他動物是不同的，因為人有其精神的領域，也就是「靈魂」，這個靈魂使得人類作出一些跟其他生物不同的行為，或潛意識的舉動，如夢遊、瀕死前經常會夢見親人……凡此種種，不外是提供「靈魂」的解謎檔案，學說中的要點，每每都是顯示有「靈魂」的存在。

當然，事必有兩面，亦有人對靈魂實證，提出很多認為不合理的種種結論，而證明早期存在的理據，後期都被逐一推翻，認為只是早期大家知識不發達時，用來解釋當時不能解釋現象的答案，結論：是認為靈魂是不存在。

實在的，他們談論的理據太深奧，也太空泛，我不是這種料子，根本弄不明白，還是阿娘說得好，這純屬一個信仰問題，你相信它有，它便是有，你若不信的說沒有，那就是沒有。多有哲理的講法，多簡單的答案！

我是偏信人是有靈魂，「它」只是寄居於肉體上的一種意念、一種思想、一種感覺，當與肉體合一凝聚後，便是一個有血、有肉、能思想、能活動、有感情、有慾望，具備各種形態活生生的一個人，倘若以上的都消失了，僅遺留下一個已死的軀殼時，其實只是靈魂離肉身而去，我相信它仍是存在！

彬，你的身軀雖遠離我而去，但以往你的種種、你的一舉一動、你的一言一行，都仿若時刻重現我眼前，烙印在我腦海中，無論我想做甚麼，你的影子總是與我相隨，你的理念、你的想法、你的情感……仍時刻的圍繞在我心裏，事事都是以你的意念為依歸，不覺間總仍感覺到你依舊的與我在一起。

因此，我有理由相信你的靈魂尚在，是活生生的烙在我心中，只是換了一個不同形象，或另一種表達方式，正如，現在園中，「沙沙」踏葉而行的腳步聲，或是「夕陽斜照下，對影成兩人」，真不知是你還是我？我想，前路雖沒有能吸引你前往的「美食」，但你仍會樂意的與我並肩而行，陪伴着我，直到永遠、永遠、永遠！

彬，你可同意我這個説法？好了，就此擱筆，下次再聊吧。

淑珍

記於二〇一七年十一月中

新澤西州

第30封信：雜感數則

彬：

這陣子想告訴你的事很多，想得也多，但懶洋洋的總沒勁提筆書寫，腦中只覺思潮起伏，亂糟糟的一下子更不知從何開始寫起，現在只能記得哪些就寫哪些，分段的一一告訴你：

鐵樹開花——

彬：

你是偏愛種植鐵樹，自我倆結婚後，家中一直都有鐵樹盆栽做擺設的，尤其是巴西鐵樹，我記得第一次種的是你二哥「行船」回家時，帶回送給你的一截巴西鐵樹的樹幹，浸水之後，不久便長出嫩芽，繼而長出一片片的綠葉，栽種很容易，可用清水浸着根部養植，或直接放入泥土中，定時換水，葉子便會常保持青綠，書房擺放着也頗覺清雅。

鐵樹開花，其實比較罕見，但奇怪的，不知甚麼原因，當我們一聽到「鐵樹」之名，便慣性的聯想到下句「開花」一詞，可是我們種了五十多年的鐵樹，卻從來沒有看過它開花，我相信很多人也沒有看過「鐵樹開花」，更不知花開時「它」究竟是甚麼樣子。最近，我真的看到了，可惜你不能親眼看到，你種的那一盆「巴西鐵樹」開花了，而且我還一直目睹着「它」開花的生長過程。

「它」初期是由枝幹葉的頂尖長出一個大花蕾，繼而衝破花蕾苞衣後，便伸出一枝長長帶有膠質的嫩綠幼枝幹，跟着在枝幹上分別開着一叢叢像未脱殼的稻米般的「花」，「它」的樣子一點也不像花，可説生長得非常特別，亦非一般的「花」樣。不過，它像有靈性。更像有感覺的會分別到日間或晚上的時間，奇怪的每到下午四時左右，「它」便會發出一股很濃很濃很特別的花香味，我相信這股難得一聞的濃烈花香氣味，很多人都會喜歡。可惜我對太濃的花香，如夜來香、百合之類濃烈的花香味，鼻子便會立時反應過敏的感到不舒服，所以每到晚上，也得緊閉房門的退避三舍，敬而遠之，真無福消受。

彬，你還記得嗎？這盆巴西鐵樹，是我們移民美國後，你親自揀選的，你喜歡它的形態，四株互相扣連在一起的大鐵樹，稍斜的向同一方向生長，放在大廳前，像迎客一般，樣子也很好看。不經不覺也擺放了六年有多，如今竟「鐵樹開花」了，是否真的會有任何預兆？又是否鐵樹開花後，即將枯萎凋零逝去？若真是如此，亦證物之「有情」！「它」將不捨的尾隨你而去，睹物思人，寧不惘然！

一般人對家中罕有的鐵樹開花，總是耿耿於懷的覺得定有不祥預兆，是故在花開時愛在樹上掛上彩帶，並頌以：「鐵樹開花，富貴榮華」之吉祥語，以圖作化解。

若論鐵樹開花，定有不祥預兆，我想，實非必然。縱使鐵樹開花後，真枯萎凋零而謝，只是萬物的交替，亦屬正常；世上萬物榮枯，四時皆有定序，本無可介懷，若時刻感到心有不安，這樣徒添煩惱，何必！

人生亦復如是，蓋世上萬物本如宇宙的過客，瞬間而逝，人之生、老、病、死，本是常情，亦無常態，更不能自主，有生便有死，誰也不能幸免，亦屬人生必經階段，何足以懼！人的一生，但求鴻飛掠過後，能發光、發熱、無愧、無憾的，這輩子已不枉此行了！

彬，想你也認同我這樣說吧。

淑珍

二〇一七年十一月中

故地重遊——

彬：

月中，仁仔、圓元學校有數日假期，崇修夫婦特別請了數天的假，帶着孩子去波士頓一個星期旅遊，通常這種來去匆匆的旅遊行程，我是沒有興趣參與。一來此地崇修在哈佛大學讀書時，我和你也去過數次，二來孩子們活力十足，興趣愛好節目也多，行動緩慢的我若跟着他們一同前往，勢必阻礙他們的行程和興趣，況且異國文化對我來説根本格格不入，意興闌珊、索然無味的環境下，我是較喜歡獨自一人留在家中，自得其樂的無謂大家都辛苦。

記得，一九九二年的夏天，崇修在英國牛津大學以一級榮譽優異成績畢業後，跟着便接受美國波士頓的哈佛大學全資助獎學金繼續攻讀博士，老實説，若非他能有獎學金的全資助，我們根本不可能供他去這座顯赫有名、學費昂貴的學府繼續修讀，直至一九九八年六月畢業後，即獲羅氏藥廠的聘請，才搬遷到新澤西州現在居住的地方。

因此，崇修在哈佛大學的宿舍也居住了六年，他對波士頓附近的一帶可說很熟悉，現在故地重遊，帶孩子前往參觀，讓孩子一同見證他昔年在當地讀書的生活環境，目的讓孩子們對各地環境增加見識，也帶他們一同參觀他以前學生時期經濟不寬裕，沒能力參觀各類收費昂貴的博物館……

真羨慕現在的孩子，只要父母經濟環境許可，便會帶着他們到處去遊覽，小小年紀卻認識到不少外面世界的事物。不像我們年青時，因交通的不便，加上經濟拮据，一年難得的全家旅遊，也只能到附近郊外走走，遠的也只到就近的澳門一行（其實都是探視居住於澳門的父母）。

直到一九七六年才第一次乘搭飛機到台灣作遠道的旅行。我記得那次前後去了十日，我倆帶着崇修參加了一個五天的旅遊團，餘下時間，主要目的是拜訪由香港移居台北近十年，居住於台北外雙溪「素書樓」的錢穆老師。當時老人家的觀念，還是認為我們花如此昂貴的金錢去旅行是太浪費的，我記得錢先生對我們說：「你們這次來台灣旅行花的金錢，已是何祐森同學一個月的薪金了。」說來像有點譴責味道，怪我們太浪費。不過我們都知道，他只是說說而已，心中對我們遠道而來專程拜訪他是滿心喜悅的。

直到後期，感覺到我們出外旅遊的行程，每次都像探親的居多。由此可見，你注重的多是人情之味，而非眼前景物，正如，似我現在喜歡親臨的眼前景物，往往也只是寄情當日，緬懷過去而注入昔日的濃厚感情！其實心態都是一樣。

幸好，我們那一代及我們的孩子，從來都沒有感到當日的生活有何不妥，更不會像現今的孩子事事都喜歡與他人比較，而覺得他們都應該擁有一切，感覺社會所有人像虧欠了他們，因此更產生諸多不滿，情緒失控而抑鬱起來，重者更動輒輕生求死。不知是我們那時代的人愚笨，還是肯接受現實，不作奢求，知足常樂，易於隨遇而安？心中富有，平淡就是好事、是福氣！

現在的孩子實在太幸福了，在父母的寵愛下，甚麼事也替他們預作安排，苦與樂也懵然不知。這樣輕易得來的幸福，日後又能否持續？是否真的對他們未來有用？他們又會否珍惜目前擁有好景？未來的世界，究竟又會變成怎樣？真不敢想！

世界資訊科技變得太快了，對現在的生活步伐，快速得令我有點接受不了，想來，還是我們那個時代好，我還是喜歡做回我們那個時代的人！我想你也是這樣想吧！越來越覺得自己像癡人說夢話了。

淑珍

記於二〇一七年十一月底

百齡人瑞——

彬：

潘建德同學月初傳來一篇文章，標題是《人瑞——是祝福？是詛咒？》，他引述報載說：港人壽命去年再度冠絕全球，過百歲人瑞數目由過去五年增一倍。然而，長壽港人「死得遲，卻病得早」，五十五歲至六十九歲年齡過去十年入院增幅最勁。

又載：統計處公佈二〇一五年本港男女統計數據，去年出生的女性，預期平均壽命長達 87.3 歲，男士則 81.2 歲，不單較二〇〇六年長命多 1.8 年，同時超越日本女士及男士的預期平均壽命。百歲港人數目亦一直有增無減，一百歲或以上的港人數目已由二〇一一年中的 1900 人，增至去年的 3800 人，五年間數目增長一倍。

因而，他思考的問題是：「人瑞——是祝福？還是詛咒？」香港特區政府如何解決這「死得遲，病得早」的問題？「安樂死」是否值得研究？對無藥可救者應否停止搶救？或只讓他在減輕痛苦下自然而逝？

又上星期我在電視上看到一則有關港人人口老化的報導：近日年過百歲的長者日益增加，政府護理中心已不足應用，並指長者的意願本多是喜歡居家安養，而不願老而寄居於老人護理院中，因此呼籲長者非病重急需照料入院外，有家人者盡可能在家給予照顧！但家人又是否真能如此想？也是一個難解決的問題！

報導引述的畫面，是一位超過百齡坐在輪椅上的丈夫，卻由一位年近九十高齡的妻子在旁給以餵食，加以照顧，二位長者雖生有四個兒女，但都在外國居住，以年齡不小為理由，不便回來照料，只能由一位九十歲高齡的妻子在家照顧年過百齡的丈夫，看來也令人難過！你說，這問題怎樣解決？

問題在於人口不斷老化，老人往往只靠藥物養命，卻不能健康的自己照顧自己，長此演變下去，只靠藥物的保持長壽而乏人照顧，直至身體機能全部衰退，奄奄一息底下仍生存着，那時更生不如死，如此生存下去，則人生又有何意義！

所以，對真正享有健康長壽的長者，固是值得慶賀，也是一種難得的福氣！在此敬祝他們「福如東海，壽比南山」。但對無藥可救治的長者，我是非常認同建德同學的想法，不要強求靈丹妙藥可以續命，萬事隨緣即可，若能有藥可令病者減輕痛苦，自然而離世，那就是對長者朋友最好的福祉，這不是對他們的詛咒，而是真心祝福！這比醫不好，又死不了，只是着重於替長者延長壽命的藥好得多了。其實有「安樂死」倒真是一個最好的建議，可惜不是任何一個地方都會實行，或許真應該酌情考慮這個實際需要的問題！

看來，「好死」並不是一件易事，是想求也求不到的事。若能無痛苦安心而去的更是一種修來的「福氣」！彬，真羨慕你啊！希望我走時也像你一般的走得那麼瀟灑，那麼無憾！心願已足了！

淑珍

二〇一七年十二月四日

初雪——

彬：

昨日氣象台預測，今日新澤西州會下二至四吋的大雪，不過今早我到園中漫步時，卻反覺天氣和暖些，天空仍是一片無雲，氣候變化不大，心想，如此天氣，怎會下雪？且剛只是踏入十二月初，很少這樣早便會下雪，或是氣象台預測弄錯了？

氣象台可沒預測錯，過了一會，空中真的飄下稀稀疏疏毛毛的雪花，繼而雪花凝成一大片的颯颯的飄下來，只是一個上午的時間，整個花園的草地上便已經蓋滿着白茫茫盈盈數吋的積雪。這是今年第一次看見的初雪，初雪第一次把你的「衣冠塚」掩蓋着也看不到了，下午我可不能再到園中見你了。

其實，雪景也真不是那麼美，人們看到完美無瑕的雪景覺得美麗，只是經過攝影師的鏡頭，或畫家筆下特選出來的作品，又或是初下雪未經行人踐踏的景象，當你看過地上經鏟動堆積起像小山丘，污黑黑的一大堆泥濘積雪後，便一點都不會覺得「它」好看，更經常因它阻塞街道，路滑而令人厭煩。

下雪或融雪的時候，天氣經常是寒風刺骨，慣居住於南方地區的我，其實是很不習慣，也怕雪地路滑在街道上跌倒，所以下雪期間，如無要事，我個人是不會隨意外出，也絕對沒有特意外出賞雪的雅興。

彬，今日是你走後第二年的冬天了，春暉園的墓地，今日一定又覆蓋着厚厚滿地的白雪，想你站在白茫茫的一片雪地裏，渺無人跡下，當更感寂寞，很不慣吧，我想，你還是到後園的「衣冠塚」多走走，雖也是雪地一片，但起碼能與我窗前相對，不致孤單寂寞，亦可稍解我倆的思念吧！

雜感數則，以作閒聊，就此擱筆，下次再聊。

淑珍

二〇一七年十二月九日　記初雪

新澤西州

空中真的飄下稀稀疏疏毛毛的雪花，繼而雪花凝成一大片、一大片的颯颯颯飄下來，只是一個上午的時間，整個花園的草地上便已經蓋滿着白茫茫盈盈數吋的積雪。

第31封信：再談股票

彬：

記得，去年聖誕節那段時間我在香港居住了兩個月，轉眼間又一年了，節日過後新的一年快來臨，在今年年底結束前我想跟你説説股票的事吧，讓你知道，今年的股票情況究竟是怎樣。

九月初我寫〈股票篇〉的信中告訴你，那時我已預感到香港股票市場將結束漫長的「慢牛」二期，進入牛市的第三期。不久，果如我所料的恒生指數在今年十月中真的突破二〇一五年的恒指高位28588點，在十一月更一度衝上30190點，離二〇〇七年的歷史高位31958點，只有1800點便可衝破，若一旦真正突破上一次高位，則正式可結束這個漫長的二期牛市，新的牛市第三期大時代將重現，看來真的要好好把握這個難得的時機了。

彬，記得嗎？我前後寫了二封關於股票市場上的信給你，第一封信是〈大酒店與獎學金〉，第二封信是上篇的〈股票篇〉，都說今次的股票真難選擇，在新科技的帶動下，有關新經濟的股票，例如：騰訊控股、舜宇光學科技、瑞聲科技、吉利汽車與內地國策有關聯的……都不斷節節上升，可以說，連升數千點的恒生指數，都是這類股票帶上。而很多我以前較熟悉的，例如：中移動、中國人壽、中國石油、中國銀行……，很多傳統舊經濟發展的股票，照舊的紋風不動。

所以很多手持着這類股票的股民，仍綑綁着而毫無寸進，動彈不得。除了少數股民或一些專職證券機構、資金雄厚、資訊靈通、與時並進的投資者較有收穫外，普遍舊股民面對這些屢創新高的新經濟股票，根本不大認識，在不熟不做的情況底下，更怕動輒得咎，也不敢隨便轉換手持的舊股票，怕多做多錯，事實上，這段時間市場上賺錢的股民真不算多。

實在的情況，這類屢創新高的科技股，都是股價偏高的大價股，也不是一般股民有能力購買得多的股票，因此有些「進取」的股民，唯有以微小金錢捨棄正股而投入各項認股證或牛、熊證券中，轉而買衍生工具，務求本少博大利。所以這類衍生工具產品便不斷的應時頻密產生，更有另類的股評員，不斷的向股民推介，因而入場追逐這類衍生產品的股民日益增加。

其實這種投機取巧的方法，我在《珍收百味集》股票篇中，也曾說過是絕不可取，亦非正常投資之道，一旦市場有較大變化，風吹草動走避不及下，勢必全軍覆沒，這個情況，我見得多了，親身也體驗過不少，故有此説。

像最近發生的事例來説，當恒生指數剛衝破三萬點後，短短不足兩個星期內的時間便由30190點，直線的跌到28124點，而跌得最嚴重是近期升得過急的強勢科技股，差不多都跌去15%以上。

其實，升得多的股票，要適當的作一個深度調整，是很正常兼合理，問題最大及受傷最深的是做重倉的孖展客，或投資於衍生工具的股民，他們稍一不慎，錯走方向，便可在短短的兩個星期內，把多日辛苦賺來累積的利潤和本錢盡失，兇險情況，由此可見一斑。

我深信香港的股票市場，經過這次深度的調整，日後仍會繼續持續上升，因受美股帶動，環球股市不斷紛紛屢創新高，而且以新興市場走勢較強的股票暫時跑贏大市。歐美股市，現正處於利率穩定、通脹溫和的經濟環境下，各地股市走出一個格林童話故事《金髮女孩與三隻熊》式的不愠不火、穩定增長的「金髮女孩」經濟行情。

「金髮女孩」的故事，是説故事中的金髮女孩誤闖三隻熊的房子，看見桌上有三碗粥，結果她太熱和太冷的都不吃，只挑不冷不熱的來吃。後來，經濟學家沿用這個典故來描述「不愠不火，剛剛好」的經濟環境，目前環球正享受着「金髮女孩經濟」的處境，讓經濟處於溫和復甦，但通脹又不過熱的環境中。是希望保持着經濟穩定增長、溫和通脹、不急於加息的局面。

香港這十年的經濟發展並不差，目前外圍穩定的氣氛，受惠於科技股及金融股帶動，股市紛創新高下，很多股份仍屬偏低，港股應仍有向上的動力。

彬，說了一大堆股票市場上的事，在二〇一七年的投資年結前，向你說說我在股票市場上的近況吧，也一併告訴你，最近我很艱難的解決了壓在心裏數個月的一件事——〈大酒店與獎學金〉篇中所說的「大酒店」。

選擇「大酒店」這隻股份，可說是我從二〇〇七年錯選滙豐控股後，又一次最錯誤的決定，當時誰敢說「只有買貴，不會買錯」的滙豐控股，在二〇〇七年大牛市一役中，卻會不升反跌的由近二百元的股價一直跌到三十二元才到谷底，並以二十八元的股值供股，輾轉經過多年時間方回升到現在八十元的股值，相信一向鍾情於滙豐控股的股民，是絕對不會相信！

你一向偏愛滙豐的股份，因此更放心的把在二〇〇六年底沽澳門滙景花園所得的樓款，悉數買入滙豐的股票，而我更深信這是難得一遇的升市，一部份更投機取巧的錯誤買入滙豐控股衍生的認股權證，認為「它」的股價終會上升，故雖見下跌，亦遲遲沒有走避，所以，後期恒生指數雖屢創歷史高位，但我們那一役卻損失得最慘重，可說受感情偏見所害，從此，我再沒有買滙豐控股這隻股票的興趣。真怕現在買入的「大酒店」股票，有故事重演的可能。

「大酒店」這隻股票，我在〈大酒店與獎學金〉一篇中，也一一分析過，並指出「它」是一隻極超值的股份，股價甚是偏低，未來增長動力定會很大，因此也招徠不少意圖染指的投資者。我也一時技癢，亦深覺此股大有可為，故不惜把升值已多的一半兗州煤，轉換了十六多萬股價十四元左右的「大酒店」，一心想等待「它」股價快速的上升，潛意識中感到日後它的升幅會很大，未來股價的增長一定不少，或可助我快速完成設立獎學金的願望。

原來那只是我一廂情願的想法，而事實上介入「大酒店」股份的投資者，在今年中期業績他們公佈手持的股票，只是說對此業務作一長遠的投資策略，並無其他想法，所以，不思長進手持控股權的「大酒店」嘉道理家族後人，對此毫無顧忌，依然故我的視若無睹。當股份沒有新的購買者出現，股價便相應的節節下降，看來並不是一個好的現象，也不知等到何時，才有新的局面出現。

原本股價在十三元上下徘徊的時候，我便應該理智的止蝕沽出，無奈先入為主的「戀股」情意結下，猶豫不決，一再蹉跎延誤，遲遲沒有執行，半年將過去，恒指已突破三萬點，而「它」

卻不升的反跌破十一元，如此境況，真令人失望！

仔細想想，自已只有極小量資金，怎能跟財雄勢大的信和置業主席黃志祥及太和控股主席蔡華波等人相提並論，他們擱置少許資本作長遠投資，如九牛一毛，我又怎能像他們一樣，可以無了期的等待，真是「不知自量」！其次，潛意識中第三期的股市「大時代」將來臨了，繼續如此的等待下去，將會錯失更多的投資機會，這次錯過之後，更不知能否再有機會，等待十年後的下一個「大時代」了！無奈之下，不管「大酒店」未來股價會變成怎樣，也狠心的做了一個很痛苦的決定，不捨的也終於把它忍痛放棄。由此可見，對股票太着重感情，到最後也經常會受到傷害。

幸而股票市場上，還有很多尚屬偏低，而仍未上升的優質股票可以購入，我悉數把「大酒店」的股票沽去，轉換了股價仍屬偏低的「中石油」。我相信股票與人都是一樣，真要看「它」與你是否有緣！像「大酒店」這件事，它可說與我無緣，雖喜歡亦會害我虧蝕了不少，而最終也得放棄！從今以後，我亦不會再買「大酒店」這隻股票，當然亦不會與你再說「大酒店」的事。

也幸好，留下另一半的兗州煤，半年來已由六元升至近九元，今年的結算，盈虧總算互相抵消，與年中恒指 25000 點買入「大酒店」時差不多，可惜，恒指下半年 4000 點的升幅，止步不前毫無進賬的，給我白白浪費了，我若依舊全部保持着兗州煤，相信到達目標已相距不遠，又似乎真的一動不如一靜了。

可見投資之道，五花八門，沒有一個確定的對錯方向，更難於作任何取捨。何者方對？總括而言，不論投資或投機者，除了精於揀選適合時間作投資的股票外，更重要的是有幸運之神的眷顧！

新的一年我又得重新等待——期待手上的股票應時上升，賜我好運吧！

更希望如我所願的很快便有好消息再告訴你！

就此擱筆，下次再聊。

淑珍

二〇一七年十二月二十五日　聖誕節

新澤西州

第32封信：珍饈百味？

彬：

今日是二〇一八年新年的第一日，窗外雪花紛飛，白茫茫的雪掩蓋着整個大地，如此寒冷天氣下，只覺思潮起伏，意興闌珊，人生如夢，夢境唏噓！不自覺的憶起兩年前的今日，你接受化療藥物治療後，身體仍是處於平穩的狀態中，與我們如常的一同度過新的一年，根本沒想過，半年後，病況突然惡化，身體轉變得那麼虛弱，更在那年九月九日遽然的棄我而去。

又回憶起，兩年前的這段日子，正是我忙着撰寫《珍收百味集》的時候，友人知道後，還以為我寫的是食譜，懷疑書名是把「珍饈百味」的「饈」字寫錯了。我真的沒有寫錯，我所寫的並非指可充口腹之味的「珍饈」美味食物，而是我一生嘗盡辛酸鹹甜甘香苦辣，在艱難困境中七十多年來所體會的前塵往事，心中仿若打翻了「五味架」般的百味交集而已。

言歸正題吧，記得廣健最初看書名《珍收百味集》，也誤以為我寫的是食譜，還說他以前來澳門探望我們時，你多是帶他們外出館子吃，而他最記得的卻是在「繼圃齋」中吃我親自下廚煮的菜，又覺得我在《珍收百味集》坐月進補篇中寫雞蛋豬手煲薑醋這類食物時，光是看着就口水都流出來。當然，這是自然反應，誰看到酸甜冶味的食物會不流口水？

他又看到在春暉園祭祀食品中我給你弄的那一道，平日只在年節時才會做的梅菜扣肉，我說你是最喜歡食我煮的，你說那種味道非外面館子能食到，所以他提議我多寫一些你喜歡吃的食物，說憑着我累積數十年烹調的經驗，把各種菜餚的烹調過程一一寫下，或弄來一輯「蘇門的食譜」，讓後輩按圖索驥重溫兒時食的味道。若在以前，我也會這樣想，這本是一個極有意義的建議，讓家鄉菜不致會日久失傳。

不過，現已時移世易，今人已多注重健康食療，甚麼菜餚都是以少油、少糖、少鹽為時尚，弄到食物口感寡寡的淡而無味，全不是原來菜式的樣子。試舉一道「東坡肉」的例子來說，若依照健康的說法來烹調，是不用肥瘦適中的豬腩肉來做，而調味的醬料鹹甜比例亦不依照原來傳統方法烹煮的話，只是瘦瘦的豬肉，不鹹、不甜的調味，任你怎樣烹調，最後也不見得會比原來傳統的好食。

其實日常煮的食物，無論最簡單的例如清蒸鮮魚、蒸滑蛋、白灼油菜……或烹調過程繁複的菜式如煎釀鯪魚、油條蒸魚腸、芽菇芹蒜炆豬肉、客家煎釀豆腐、客家釀涼瓜……，首先當然是要食物新鮮，其次配料齊備，油、鹽、調味料的相應配合，更重要的是烹調時控制火候大小的調節，若遵循這個烹調的方法，便會很易弄出一道道好味道的餸菜出來，所以，我認為若不是真的怕他們食後會嚴重影響到日後身體健康的話，如我們已一把年紀的還有甚麼可怕，日常烹調，根本不需特意的怕這樣、怕那樣的弄到食物全走樣而喪失了菜餚原有風味。

從六歲開始，直到如今，我都是專職任廚中烹調角色，前後入廚已七十年，若我真是專心投入廚藝的話，憑經驗真可以成為一個出色的烹調大師。想我最初學習煮飯的時候，一日三餐的日常餸菜，母親首先便訓練我學習如何分配一日的均勻營養而每日僅有「一元」的買餸菜錢。

因此，價格稍為偏高的食物，我是不會購買的，只是在年節時母親親自下廚才會有好的餸菜吃。其實，雞、魚、豬肉三牲祭品，都是母親先用來拜神，然後才作餸菜，價格高昂的鮑魚、海參、魚翅、燕窩等食物母親自然不會涉及，從來也沒有見她買過，所以，一直以來，我腦中是沒有這類食物，當然也不會費神思考「它」應該怎樣做。

我酌量買回的餸菜，心思多是放在調味烹調上，用的醬料，都是就地取材，適合自己或家人口味而調配，不像現在買的都是別人口味的各種混合醬料，雖然我買回做餸的多是價廉的小鮮魚，但經特製的各類調味醬汁烹調下，味道也是挺不錯的，例如美璐最喜歡吃的豉汁蒸奶魚、蝦醬蒸鯪魚腩、欖角蒸魚……通常新鮮的海鮮才可以用來清蒸或白灼。兒時我最喜歡吃的是平日不會常吃，母親往往在沒胃口吃飯時才會弄的鹹檸檬蒸烏頭或肉碎雞蛋蒸花蟹，現在我仍然很記掛着這道菜，以上說的這些菜，除了我仍偶有烹調外，饍食坊間已很少見有了。

結婚後，你的收入一直並不算多，添了四個孩子後，父母、孩子的生活費支出也不斷增加。老人家的生活費、醫療費，及孩子的學習費是絕對不能減省的，一直以來在日常食用中，我都是計算着怎樣分配支出，家用你給多少我就用多少，從不向你多索取，而孩子們都食得健健康康的絕不比別人差，看來，你真的得多謝我母親從小把我訓練出來的慳錢習慣了。

幸而你和孩子從不揀飲擇食，我煮甚麼你們都吃得津津有味的，亦從不會要求我弄些價格高昂的食物來吃，偶爾給各人煎一份牛排或豬排餐，他們已高興得像是有意外收穫一樣，孩子食甚麼都是好味道的，心理上的滿足，吃甚麼都是美味的，又何必一定是物價昂貴的鮑魚、海參、魚翅弄出來的菜餚才配稱「珍饈百味」！

彬，你也是這樣，雖然食像是你唯一嗜好，但亦從不會要求食貴價的食物，偏愛的卻是你客家人在傳統年節時煮的食物，例如：客家的醃鹹雞、釀苦瓜、煎釀豆腐、芽菇炆豬肉、梅菜扣肉、蓮藕煲豬肉湯、豉汁半煎煮烏頭魚、雞凍……都是一些味濃而偏鹹可用作送飯的菜餚。或許這些都是你客家餸菜的特色。還有最簡單而廉價的蒜蓉炒芥菜、清炒苦瓜，都是醃鹽後的芥菜或苦瓜，經清水沖洗後，用蒜頭豆豉加少許油來清炒，你都會視它為一道美味爽脆的送飯佳餚，不過孩子們就不大喜歡這類沒鮮味的餸菜了，時代不同，他們沒捱過沒有餸菜送飯的日子，自然不會有和我們相同的感受。

記得，幼童時居住外祖母家中吃飯，往往只分得一小塊片糖，或豉油豬油撈飯，那時能飽肚子已覺不錯，怎有想及餸菜喜歡不喜歡這個念頭。

隨着後期收入稍好，食用方面也漸轉豐富些，再不只限於買平價的食物，食的範疇也擴闊了，海鮮、雞鴨、燒臘、海味之類我也會常買，外出上館子吃飯的時候也多了。食物種類雖多了，很奇怪的我倆反覺得食物的味道越來越沒有以前的好，魚沒有以前的鮮味，禽畜的肉質也沒有以往那種口感，甚至蔬菜味道也大不如前，心中往往還是懷念着昔日困難時那種食物的味道，不知是老人味覺遲鈍，還是飼養用料及種植方式的改變而有影響？

我認為，二者原因都有，而最重要的是我們心中仍記掛着早期食物停留着的味覺，尤其兒時難得享有的食物味感。兒童對食物普遍都是很容易滿意，他們亦不會多作比較，後來習慣了童年的食物味道，長大後不自覺的便會懷念起昔日喜歡的食物，覺得母親煮的食物是最好味道，長時間停留於腦海中的味覺，便經常浮現，跟目前的食物作出種種比較，「回憶是最耐人尋味的，思念的味覺是永不會減退」，我想，甚麼「珍饈百味」的味道也追不上感情上回憶味覺的濃厚！

例如，你在戰前逃難回鄉路上的那一碗燒鵝飯，二〇一五年回香港想食的陳皮蒸泥鯭魚及豉椒蒸白鱔、清灼活蝦、香煎曹白鹹魚……及上述令你種種回味的家鄉餸，我想你現在只要聽到，也會如廣健一樣，口水都流出來了。

若論及我寫食譜，我懂的只有平日家人喜愛的家常饍食小菜，實不登大雅之堂，若是不知自量的寫出來，真有「班門弄斧」之感覺。坊間的饍食菜譜，各大書局，各式各樣，各地名菜，式式俱備，隨處可見，皆可作參考，真不用再添我一本，實不敢獻醜的而自暴其短！

唯一可說的：「烹調煮食之道，其實並沒有特殊技巧與快捷方法，只要用心的投入烹調世界裏，像你學習寫書法一樣，反覆的多做幾次，直到自己及家人都覺得滿意，味道不錯便可以了。」

時代不同，口味有異，餸菜亦不斷的改變了，以往的人以吃飯飽肚為主，家庭餸菜以可以送飯為目的，所以餸菜偏濃。現代的年青人，飯量極小，飯餐對象並不是真正的是吃飯飽肚，主要以食餸菜為目的、以均勻營養為首要目標，正因此故，做的餸菜不得不清淡了。

相對之下，老一輩的人更覺食之無味，對過去傳統食物往往戀戀不捨，對以前的食物更會懷念、回憶！而年輕的一輩，卻覺得上一輩的人，不懂得選擇健康食物、保健意識薄弱，往往選錯了一些帶有防腐劑、不健康、可以致癌的食物而進食。對煮食偏重濃味的多油、多糖、多鹽的菜餚，認為是不健康的食物，而不大喜好。

可以說，食物的味覺是因人而異，是很個人化的，也不能一概而論，味道何者方合？甚麼才真正堪稱「珍饈百味」？食物的好味與否，全依個人味覺口感主觀而定，並不在乎食物的金錢價值。

彬，我知道你喜歡的食物，並不真的在乎它的價錢平或貴，而是喜歡食物的味道——是追尋一種停留以往回憶的味覺，難得你五十多年一直仍是喜愛我煮的食物而不厭，令我覺得自己還似一個會照顧丈夫膳食的妻子，或許這亦是令我多年樂於下廚煮食的原動力吧！

實在的，我對食物一向都是很隨意，沒有特別偏好，本身也不是一個十分「好食」的人，你走了，我可說連煮食的興趣也漸覺消失了，或許入廚煮了七十年的飯菜，也真覺得有點厭倦，現在只是見雪櫃有甚麼食物就煮甚麼。反正如崇修他們所說，餸菜煮得健康些就是了，至於味道好不好？好食不好食？也不會太講究，亦不會真的太在乎了。

這是今年寫給你的第一封信，東拉西扯的寫了一大堆你喜歡的餸菜名，是否更挑動起你停留於腦海中，種種食物的「味覺」而更想食？

就此擱筆，下次再聊吧。

淑珍

寫於戊戌年一月一日　元旦日

新澤西州

第33封信：人為甚麼會死？

彬：

生、老、病、死是人生四個必經階段，無論你是王侯將相或草根百姓，過程中誰也不能幸免，雖說現代醫療科技發展迅速，人生在世亦多不過百年，最後「死」還是必經之路！

「人」從出生的嬰兒開始，從兒童到少年、青年、中年，最後進入老年，這全是人生中不能抗拒的自然定律。人體就像一台機器，能正常磨損到一定程度的時候自然也會報廢，人在年老之前，各種器官的功能健全，運轉較為正常，身體健康自然是沒有問題。但進入老年以後，身體的各個器官，由於長年的不停工作，工作能力已不如以前，而抵抗力也不斷下降，得病的機會也較以前增多了，人體的重要器官若得了不易治好的病，也常會危及我們的生命，雖然醫療科技，在現今社會發展得很迅速，但有很多病症，仍是無藥可救，因此生命就會隨時結束而死亡。

所以，無論從理論上還是實踐上來說，人都不可能長生不死。由古至今，任你多聰明，亦不會煉有長生不死藥，不管你是多麼長壽，身體操練得多麼強壯健康，人最終註定還是要死去的，這是一個永不改變的定律，主要原因，與人的本身老化有極大關係。

據研究科學專家說，人的身體大約是由六十萬億個細胞構成，由嬰兒出生開始便不斷通過舊細胞製造新細胞的複製過程，並不斷的進行新舊細胞的更換，因此，身體不斷成長，對此加以控制的是存在於各個細胞內的遺傳基因。

不過上了年紀之後，製造新細胞的能力會逐漸減弱，舊細胞數量便相應的不斷增加，這就是身體老化的原因。老化不斷擴大的話，皺紋會增加，牙齒會易於脱落，身體的功能停滯，變得容易得病，不久就會步向死亡。

這是一個現實理性的説法，解釋「人為甚麼會死」，確實是一個很清楚而透徹的原因。不過話説得活像計算着數學題一般，絲毫不帶一點兒人氣，硬繃繃、冷冰冰的聽來怪不舒服，活像人一走後，便甚麼都一了百了，似與這個世界毫無相關，恍如一輩子無所作為的在這塵世間白走一回。

彬，我這樣說你是會明白的，你一定也會有同樣感受，我想，直到你患病的最後階段，你亦絕對不會計算過身體尚有多少個新舊細胞交替這個問題，也沒有計算過尚有多少日子仍可寄居這個塵世上。從看你在最後的日子裏書寫下的〈人生終點〉諸篇、及〈遺言〉一文中清楚的可見，你對自己寄居八十多年的世界，心中只是充滿着愛，處處顯示出你對這個世界的人和事都懷有依依不捨、深摯的感情，關懷之情更揮之不去。

引你〈遺言〉一文：

二〇一四年六月，檢查身體，始知身罹惡疾，醫生預測，大限為期不遠，若病情突然惡化，遽然而去，則此為最後遺言：

每念及寄居塵世，經日寇之災難，幾成餓殍，今得享此高齡，可謂慶幸！

回顧幼年在家，上有嚴父、慈母撫育成長，俟婚後有賢妻主持家務，管教孩童之責，下有堪稱賢孝子女、及聰穎兒孫，家庭可謂美滿。雖有若干子姪，不滿於我，蓋因其不悟我之訓育子弟，猶如教育自己兒女，彼等不悟而生怨恨，實覺無可奈何！

在校求學，屢有名師關愛，指引一生走向研、教之途，同窗中亦有不少知心好友，尤以任教時畢業之同學，多對我關懷備至，殊為難得！揆諸一生，上仰青天，下俯大地，面對世人，自問所作，亦無愧於心，人生如此，尚有何求？唯一憾事而心感不安者，未能陪伴淑珍至終老而已！

至於他日倘有財物，早前立平安書中，已有説明，盡歸淑珍處理。惟淑珍常言：冀百年歸老臨終前，若有餘財，可捐予新亞書院歷史系，作學生奬、助學金之用。我亦覺得，自己子女能受高等教育及留學外國，實得任教中文大學之助，回饋捐獻，亦是飲水思源之舉，因而甚表贊同。

身後之事，憶數月前，電視台所見，在美國新澤西州崇修家附近，有一華人墓地出售，為一平坦青綠草地，遠眺大西洋，環境甚幽雅，倘使他日淑珍願意同葬該地，是為第一選擇，倘若火葬，將骨灰存放於如「莊嚴寺」之類寺院安放，「切勿灑在汪洋大海中，我至今尚保持傳統思想，固尚有後代子孫，以供拜祭」！他日子孫恐怕麻煩，則由他們自行決定。

尚有臨終最不放心者，淑珍常言：若我辭世後，有意回港獨居，蓋一人獨居，治安固然有問題，兒孫遠隔重洋，往返不易，若有病痛，親朋難顧。若她仍願留居崇修家中，有兒媳照顧，可謂「合則雙美」，「分則兩傷」，千言萬語，此為我臨終前最大擔憂，亦唯一最不放心者，盼淑珍及子女切實思之！深思之！

彬，我抄寫了你遺言中的一大堆説話，只是有感的及明確的引證你對我之情，是何等深，亦何等真摯，謝謝你十分周到的連我日後長眠的歸宿地，也預早代我一同選上，更希望我願意與你同葬該地。可是，令我最感抱歉的，反而是使你臨終前不能毫無遺憾的走，卻要帶着「未能承諾伴我終老」的唯一憾事而去！以及使你臨終前添上最大擔憂、最不放心的一件事！看來，你的遽然而去，不是你對我的殘忍，相反的卻是我一直自以為是，故意用留難的方法跟你意見不同企圖用此來留着你，目的是想你不忍心離開我，而留下我獨自一人在美國而已。我真的很自私啊，看來，殘忍的可是我啊！

你雖抵擋不了癌病而終於走了，我不管「人為甚麼會死？」或你要離我而去這些問題，我知道你依舊是活着的，是永遠的掛着我，永遠在我身旁看顧着我，那就夠了！我不信你真的會不顧我而去！而我現在所做的一切、一切，深信你亦會一一看見的，當然也是清清楚楚的知道我現在做的每一件事。

另外還有你放不下的另一件事，你說至今尚保持傳統思想，囑咐子女們你若走後，切勿把骨灰「灑在汪洋大海中」，因尚有後代子孫，以供拜祭。由此可證，你明知身軀一定會歸塵土，但你卻清楚的表示着，並不認為你真的走了，你的思想、你的意念、你的心仍是活生生的跟隨着後代子孫的。

其實，從我們安放的祖先神位來看，很清楚的正中寫上「蘇門堂上歷代祖先考、妣神位」，而右的一邊寫上「祖德源流遠」左邊寫上「宗枝奕葉長」更可證，先人與後代子孫，是一脈相承，承先啟後，生生不息，源源不絕的延續下去。遺傳學認為人雖死，有兒孫之延續，並不是真的死去，只是新舊生命交替的延續而已，這一論調，與透過哲學家的「靈魂」論說中，作一些比較性的探討，而認為靈魂有不朽的談論，實是存着異曲同工的見解。

地球上萬事萬物在宇宙間，都是一瞬間的過客，生物的生、老、病、死，世界上任何一樣事物都是重複循環交替着，如：宇宙的循環，日、月的交替，到春、夏、秋、冬四季的往復，花草樹木的榮枯……所有、所有都是一個循環，人只是地球上短暫一瞬而過的暫宿者，而地球又只是宇宙間微小的一部份，宇宙又是甚麼?宇宙的存在，抽象得很，亦大到看不清楚，其實只是某個思想存在於「某一個空間」，那就是宇宙了，可說思想造就了宇宙，而宇宙又造就了思想，是宇宙中的一個大循環。

可見人處於宇宙中，真如滄海之一粟，「生與死」固不足論，死、生亦絕對是循環的一部份，「生」與「死」不斷循環反覆的演變，人的能力實在太渺小了，真不用事事計較，能做到的只是：「順應規律，回應自然。」

彬，寫得越來越超現實了，思緒活像天馬行空的飛馳，不切實際，簡單來說，那就是萬事「隨緣」，緣來緣去，一切順應自然。

已深夜了，我亦很累了，就此擱筆，下次再聊吧。

淑珍

戊戌年二〇一八年一月二十日晚上

新澤西州

從我們安放的祖先神位來看，很清楚的正中寫上「蘇門堂上歷代祖先考、妣神位」，而右的一邊寫上「祖德源流遠」，左邊寫上「宗枝奕葉長」，更可證先人與後代子孫，是一脈相承，承先啟後，生生不息，源源不絕的延續下去。

第34封信：結婚五十五週年緬懷

彬：

二〇一八年一月十五日，是我倆婚姻註冊法定的五十五週年結婚紀念日，這個紀念日已過了三個星期了，今日是農曆十二月二十三日，傳說中這日是專職管廚房的「灶君」上天述職的日子，家家戶戶這天忙着向灶君「謝灶」，祈求上天恩賜一年的豐衣足食。傳統的舊節日，相信現在年輕一輩知道的人已不多，況且新建築樓宇的廚房，已沒有這位「灶君天神」容身之地了。不過那日對我倆來說，卻是一個值得紀念的重要日子——是我兩人農曆設宴正式請客的結婚大喜日子，也是我兩人共同生活的開始。

當年這兩個新舊曆的結婚日期，其實並不是同一日，記得，一九六三年一月十五日那天，我們約同雙方家長及二位證婚人在香港九龍婚姻註冊處舉行婚禮，在見證人主持下，各人在婚姻證書上簽了名，依照香港婚姻條例第廿二條規定，我倆在法律上就是合法夫婦。葉飈卿誼父及你的好友胡詠超先生，就是我們婚禮的證婚人。回顧在證書上簽上名字的人，現在只剩下我一個，你也離我而去了！歲月不饒人啊，但覺無限唏噓！

形式上我倆正式註冊後雖已是合法夫婦，但心情上仍如婚前一樣，生活得亦是依舊一般。比較起來，傳統婚禮習俗儀式較正式註冊繁忙多了，註冊之前的一段日子，誼母一家已不斷的替我忙着，籌備着傳統婚禮的一切瑣碎事，例如，回贈男家送來過「文定」的聘禮，俗稱「過大禮」，女家亦忙着籌備着一切嫁妝所需吉祥物品及婚禮上的衣飾佩戴、送請帖、派嫁女餅……幸得誼母一家人事事替我奔波代勞，使我感覺到仍像有娘家親人照顧着出嫁一般，所以，一直以來我真的很衷心的感謝誼父母他們！

又記得農曆十二月二十二日婚禮的前夕，我們開始非常忙碌及熱鬧，晚上租住了擺設酒席彌敦大酒樓上面的酒店大房間，作我出嫁之所，在親人及多位姊妹陪同下，誼母依照俗例的請一位「好命」的亞姨替我「上頭」，並向我祝福。翌日，婚禮儀式開始，上午你帶同一眾兄弟上門迎娶，經熟悉禮儀的「大妗姐」帶領下向娘家及夫家親人一一奉茶致敬後，下午「金豬回門」上香向母親禱告，告訴她女兒已出嫁，有個屬於自己真正的家，今後她不用再記掛着女兒了！

最後，轉往彌敦大酒樓設席宴客，當晚客人雲集，嘉賓滿堂，筵開三十席，有我認識的，更有很多我從未謀面的親友，難得的在婚宴上竟然有多位新亞書院任教的博學鴻儒老師蒞臨，及你的一眾同學們光臨參與我們婚禮，為我倆婚姻作見證，使我這個學識膚淺的小女子，突覺添上無限光彩，亦自覺是我人生路上的畢生榮幸，謝謝你的特意安排，送給我這場隆重婚禮。

經過迎賓、開宴、敬酒、送客，熱鬧的宴會終圓滿結束了，過程雖繁瑣，可是在我們心理上，雖然婚姻註冊處註冊後，法律上已承認我們是正式夫婦。可是一直以來，我們總認為「謝灶」那天，才是我們真正的結婚紀念日，畢竟從那天開始，我們共同生活才正式開始，是名副其實的夫妻，而你也把那天的結婚紀念日定名為我們的「家庭生日」的紀念日子。

我們這段「火車為媒，月光見證」下「執子之手，與子偕老」火車上的情緣，六年後終於開花結果，同步入人生新的里程方向了，也展開了我們兩人之後同甘共苦、相依相偎、相伴了五十多年同處一起的生活。

我的一生，可說與老師極有緣，入讀新亞夜校後，更機緣巧合下得蒙你錯愛，一往情深的在等待我成長，愛得那麼委屈，也拒絕了不少友人好介紹，我倆的結緣，除了相信是緣份外，也找不到一個更合適的理由，正是：「百年修得同船渡，千年修來共枕眠」。

想我自幼在孤苦環境中長大，不要說想讀書，甚至家中連一本像樣的書籍也找不到，其後在崎嶇峰迴路轉的讀書環境中，有幸的才能在夜校完成小學階段，因而認識到你，後更賺來你對我母親的致謝中說的那一句，想不到的竟是「多謝她沒有正常的給我正式上學校讀書」，若不是想深一層，真不知你對我母親說的是甚麼意思，是貶？是謝？還是對我真的讚賞？至於僥幸能讀上中學，則更屬天方夜譚，是從不敢想及的事。

哪知冥冥之中，上天竟巧妙的安排我與一位以教大學為職業的讀書人、終身為伴，兒女更能就讀於歐、美各地名校，說來真是匪夷所思。彬，你說，我一生中的過去往事，一幕幕的是否真像身處於夢境中？連我自己也不敢相信這一切的巧合是真的。

或許，從認識你的那一刻開始，我的人生就像做着一個長長的夢，是夢境一般的不真實，而我就在那夢一般不真實的環境中生活着，一直、一直的過了近六十年了，在那長長的歲月中，不自覺的也適應了。不過，你卻忽然的離開我了！相信從你離開我的那一刻，我的夢也該醒了，可是我卻真的不習慣，感情上也放不下，沒有了你的相伴，我的日子總是渾渾噩噩的，甚麼也提不起興趣，日子也不知怎樣過、怎麼辦。

彬，你走後，這兩年我倆的結婚紀念日，兒女們從沒有在我面前提及，像忘記了，或許怕我傷感難過吧，當然一個殘缺不全的家，甚麼喜慶、甚麼紀念日也不足以慶賀，家庭中主幹人物已離開！你定下的甚麼「家庭生日」也全沒有意思了，說來更添傷感！

前塵往事，真恍如一場大夢，夢境依稀，但願這是一個永不睡醒的美夢，那多好！醒來後，贏得的只是一幕幕往事，及一段段的回憶，帶給我的卻是數不盡的思念！說不盡的唏噓！緬懷往事今後也只能成追憶！

不多說了，就此擱筆，下次再聊吧。

淑珍

戊戌年二〇一八年二月八日

農曆十二月廿三日　結婚紀念日　緬懷

新澤西州

在彌敦大酒樓筵開 30 席，當晚客人雲集，嘉賓滿堂。

2018 年 1 月 15 日，
是我倆的五十五週年
結婚紀念日。

我們這段「火車為媒，月光見證」下「執子之手，與子偕老」火車上的情緣，同甘共苦、相依相偎、相伴了 50 多年。

彬，這是我們金婚時的合照，你走後，這兩年我倆的結婚記念日，兒女們從沒有在我面前提及，像忘記了我們的結婚紀念日……家庭中主幹人物已離開，走了！你定下的甚麼「家庭生日」也全沒有意思了，說來更添傷感、惆帳、惘然！

第35封信：戊戌年農曆新年雜憶

彬：

已兩個星期沒有寫信給你了，我想，你一定很記掛着我及焦急的期盼着有我的來信吧！記得，你在一九七八年／一九七九年，休假在英國居住的那段時間，若遲遲收不到我的來信，你在信中總是這樣說的，怪我不多寫信給你，怪我不懂體會你遊子在遠方思家的盼望心情，你現在也是一樣吧？可惜！現在只有我寫信給你，而永遠也收不到你的回覆了！很記掛着你啊！

轉眼間，農曆新年又過去了，今日已是二〇一八年戊戌年的農曆正月初七「人日」了，「人日」又剛好是我母親的生日。記得，我十八歲那年我母親生日的那一天，你帶備禮物，誠惶誠恐而又有些尷尬的第一次登門造訪，上我家狹小的房間，誠意的向我母親祝賀，面見未來外母大人，這日可說是我兩人火車上「執子之手，與子偕老」的情緣正式向家長公開了。所以「人日」這一天，不僅是我母親生日的紀念，對我兩人而言，亦是一個非常重要及有意義的日子，因為從這日開始，我們終於得到母親的認同和默許，同意我們日後的交往。

還是說回今年的新年情況吧，我把新年前後兩個星期的事都說給你知道，其實都是家中一些瑣瑣碎碎的事，我記得哪些就寫哪些，希望你看得明白，而不會覺得嘮叨。

彬，自你走後，老實說，我真的對任何事情也提不起勁，亦沒有興趣參與一些無聊活動，尤其每逢喜慶的節日裏懷緬過去，更覺得孤獨寂寞的，也高興不起來，屋內新年喜慶的裝飾，也提不起興趣來佈置，只是應節的放上賀年糖果禮盒以備客人上門拜年而已。

回想，自移民來美國後，華人所有傳統的節日，我們一切仍然像以往的保持着，每到農曆新年的一個星期前，都會循例的忙碌着——打掃屋宇、寫賀年揮春、佈置新年裝飾、添置新年應用物品、預備多些新年餸菜、煲茶葉蛋……喜氣洋洋的事事齊備。而最花工夫及時間，就是一連蒸兩日十多盤，每盤五磅重的蘿蔔糕、芋頭糕，一半是送給崇修相熟的好朋友吃，餘下的是自用，仁仔特別喜歡吃家裏做的，他們都說我做的比外面賣的好吃，茶樓也吃不到的味道。當然好食，我們蒸的蘿蔔糕或芋頭糕都是落足材料及調校好粉和水的份量，不過卻真的很花時間，做多了也覺得很累。所以，這數十磅白蘿蔔切成幼絲的工作就全由你負責，往往你也花了大半日才能切完。

現今你走後，這切蘿蔔的工作就由崇修做了，我亦酌量減半的不再蒸那麼多盤了，今年只蒸了六盤，有三盤是分別送給相熟的朋友吃，另外有兩盤自用的特別減去瑤柱及蝦米，雖然鮮味減少，但這樣圓元就不怕食後會敏感了。

崇修他們每日早出晚歸的回藥廠上班，也夠累了，所以清掃家中地方的例行工作就由我負責，偌大的屋宇，年紀大了，不能一下子做得太多，我得提早分數日清理乾淨。

彬，你走後這兩年的農曆新年，我再沒有心情像以前的弄數十人新年華人團拜的大聚會。事實上在這裏，農曆新年大家仍是依舊上班、上課，沒有放假，周圍沒有一點兒農曆新年氣氛，我們只在大年初二——這日剛好是週末假日，邀請了李旭昂一家及小波的大家姐夫婦來家中吃開年晚飯。

開年請客的菜式，你一定也想知道吧，都是一些例牌開年意頭餸菜，有蓮藕煲豬肉湯、白切雞、薑蔥清蒸龍躉魚、椒鹽煎大蝦、豉椒蒸帶子、魚肚炒蛋、鮑片冬菇生菜煲、清炒時蔬，以上所有餸菜都是你喜歡的；我沒有弄你最喜愛吃的梅菜扣肉及璐璐歡喜吃的羅漢齋菜了，事實上煮得太多亦食不下，餘下的餸菜，也足夠我們再吃多兩日。

天氣變化很大，中午他們來時天氣還好好的，飯後卻突然間落起大雪，很快的街上便積雪盈尺，車子不易開動，正好給他們圍坐一起的談天説笑，與孩子們一齊玩啤牌遊戲，晚上吃過甜品，清理路邊積雪後才各自開車回家。

今年的氣候真異常，變化也很大，從去年十二月初提早下的一場「初雪」開始，跟着便不停的每隔三兩天便持續的下雪，氣溫經常在零下十多度，兩日前的雪剛融化，另一場的大風雪又來了，這樣的積雪寒冷天氣，地上很易結冰，不小心便往往會滑倒。

彬，告訴你，有一次，雪停了，我看見園中草地上的雪也差不多全融化了，便冒着寒冷的天氣，出花園走走，到「衣冠塚」那裏見見你，想不到還未走到你的前面，我卻在草地上滑倒，幸虧是滑倒在草地上，腰骨才不致受到傷害。草地結冰滑滑的很不容易才爬得起來。你知道，我的腰椎是做過大手術，跌倒受傷可是一件大事，自此在大雪之後，若不是天氣真好，確定草地沒有結冰，我亦不敢隨便出花園走動，真怕一不小心再次滑倒，腰椎舊患再次跌傷了，就不知怎麼辦了。這段時間，或許只能在窗前遙遠的見見你了。

奇怪得很，真的天降異象，天氣亦反常了，剛剛上兩日園中各處還是厚厚盈尺的積雪，氣溫仍是零下十多度，新年初三、初四學校假期那二天，仁仔和圓元兩人，拉着滑板穿着厚厚的滑雪衣服在園中興高采烈的在草地上玩滑雪，跟着溫度計卻預報年初六氣溫會回升至攝氏二十一度，我們還以為溫度計可能壞了，怎會這樣？說來也許你亦不會相信！

溫度計可真準確，昨日，即大年初六，一早起來，外面草地上滑冰的雪全沒有了，開門看看，氣候真像夏天攝氏二十多度和暖的天氣一樣，圓元他們竟然可以穿着薄薄的衣服回學校上課了，你說是否很奇怪？真是不可思議的事！令我聯想到，從前和母親看電影《竇娥冤》女主角被冤枉殺人判處行刑時出現的「六月飛霜」情景，六月大熱天時竟會天降霜雪，確是異象，雖是電影神化劇情，附會渲染，令人不可置信，但與現今突然寒冬變夏熱，天氣對照之下，看來亦不全是憑空杜撰，只是偶有不尋常不易見到的異常奇景而已。今之「天降異象」，是否也是顯示日後真有難以猜測的異常預兆？

這樣好的天氣，我可放心的出園中走動走動了。天氣真的非常和暖，陽光普照下有如香港的夏日，不過比香港空氣清爽而沒有香港氣候的潮濕，園中樹木雖依舊是光禿禿的沒有長出新嫩葉，但各處卻頻頻傳來鳥兒在樹上互相爭鳴的語聲，更見不少排列得秩序井然的雁兒，聯群結隊在空中飛翔而過。仰望天清氣爽，令人心境開朗，蔚藍色的天空，只見一片片白雲迎風飄散，隨風而動下幻作千變萬化不同形象，「白雲蒼狗」的身不由己，恰如人生無奈的寫照！

廣闊的天空，更頻密不停的有飛機向各方掠過，飛機聲打破了園中原有寂靜，飛機走遠後卻帶來一抹長長銀白色「尾巴」，歷久不散，煞是好看，如此景色，難怪你以前喜歡在園中悠閒靜坐，自得其樂的在欣賞。

可惜！好景不常，一下子，今日又回復到原來寒冷的天氣，而且更是不停的下着密麻麻的毛細雨。陰晴不定、冷暖無常，人生也許亦是如此的禍福難料、變幻無常，不禁令人感慨！

玄學家認為今年的戊戌年，是身體易於感染病患的年份，據說歷次該年份也有不好的事件發生，今次天降異兆，真不知主何吉凶，當然也是一個不好年份，告誡大家萬事皆要小心謹慎，注意身體健康，及財物損失。

彬，跟你說說近日股票市場上的市況吧，雖然我一直都是看好後市，不過自二〇一八年一月中開始，恒生指數升跌波動得非常利害，每日仿若坐「過山車」，亦恍如今日之天氣，一月份恒指急速上升了三千五百多點，衝破二〇一五年高位，跟着更突破二〇〇七年歷史高位恒指31958點，形勢真若大牛市來臨，誘得沒有持貨的人紛紛入市，但卻在一月底及二月初急速的回落了四千二百多點，跌幅比一月份的升幅還要多，股評人衆說紛紜，有說是急升後的深度調整，亦有說熊市已靜悄悄來臨，莫衷一是，日後真要拭目以看了。

不過指數回落得也太急促了，令剛入市的股民走避不及，損失慘重，尤其投機手持股票衍生工具的股民幾全軍覆沒的慘不忍睹，剛開市便有千多點的跌幅，也使發行股票衍生工具的證券發行商，補貨不及損失也極為嚴重。近日跌幅雖稍轉緩和，繼而是每日的暴升暴跌，或每日恒生指數一千幾百點上落的走勢。不但香港這樣，連美股及各地股票市場也如是，這次股市真難玩，奉勸心臟衰弱的人，切不可參與。看來，要在這種市場獲利，實非遠居異地的我能顧及，真的要仔細的考慮了。

或許真的年紀大了，膽子也越來越細，接受不到如此大的壓力，幸而手持的都是早期買入的股票，總結之下只是損失近日升幅，也不致損失太多，只是心理壓力卻增加不少，真怕自己承受不起，所以，我把手持的股份酌量減半，轉持現金，務求在股海市場上「出入平安」。也許，這保守改變的做法，未必是對，不過，在這個風高浪急、變幻莫測的股票市場上，卻是一個保本、減少虧損、自求心安的權宜辦法。

彬，告訴你，二〇一二年我們剛移民來美國時買入的「兗州煤」，我已悉數沽清了，事實上它升得也太多了，記得嗎？我買入時股價大約是六元，想不到二〇一六年竟然輾轉下滑至二元八角左右，跌幅也算厲害。後來在七元至八元整整徘徊了半年。二〇一八年一月份它卻幸運標升的超過十四元，升幅之多亦屬意料之外，可惜我早在八元前沽售了一半，不然我的目標早達到了；餘下的在十四元左右我亦把它全部沽清了。這次幸得它替我賺了一些，不過卻給後來買入的「大酒店」虧蝕了一部份。至於沽售「大酒店」轉買入的「中石油」，初時它股價本節節上升，盈利也不少，但卻在二月一役的跌浪中，急速的打回原形，在前景不明朗，加上並無虧蝕的情況下我把它亦全部沽出，而轉持現金了。

現在我只保留着「中國鋁業」這一隻股票了，留下它亦可說是一種情意結作祟，你還記得吧？二〇一二年它原是跟「兗州煤」一起買入，一直不變的都持有着，直到二〇一五年，因籌措資金捐助獎學金，急需下只得一股不留的二元半把它低價沽去，不料去年七月它卻急速的上升，由二元半低位，一直上升至七元有多，與同日的「兗州煤」股價差不多一樣。現在它亦由七元回落至五元，若與「兗州煤」比較，調整後的「中國鋁業」股價實屬偏低，應可再度持有，所以決定沽去高價的「兗州煤」而轉買入「中國鋁業」。

若牛市第三期形勢仍未改變的話，則在保守之餘仍可留有進取性的一面。彬，你覺得怎樣？

我打算在你今年生日時，設立「新亞書院」中文系獎學金基金，情況怎樣？稍後我會再寫信給你，告訴你我將會怎樣做。

祝新年好！就此擱筆，下次再聊吧。

淑珍

寫於二〇一八年二月二十二日

戊戌年，農曆正月初七（人日）

新澤西州

「人日」這一天，不僅是我母親生日的紀念日，也是你第一次登門造訪，正式向家長公開我們的交往。從這日開始，我們終於得到母親的認同和默許 。

第36封信：戊戌年元宵節雜記

彬：

今日是新春正月十五的元宵節，也是中國人俗稱的「情人節」，相傳這日不少才子佳人在園遊花燈會下巧相遇，其中亦造就了不少良緣，故以「情人節」名之。元宵節過後，新年熱鬧節日氣氛，將告一段落，一切又回歸平靜了。

今日狂風大雪，凜冽「呼呼」的風聲不斷，大雪紛飛掩蓋下真莫辨西東。這種天氣，根本不能外出，崇修夫婦沒辦法駕車上班，都在家中工作，這樣更方便我隨時可具備祭品向祖先敬奉拜祀了。其實這天，我家一向都沒有拜祀祖先習慣，不過，想及一向都嗜吃的你，節日裏心中定會期盼等着，反正他們各人都在家，煮多一點餸菜，給祖先多添一個供奉節日好了。

依慣例向祖先供奉的除了有雞、豬手、魚三牲祭品及新年的紅糖年糕外，我特別弄了一道，崇修從 COST 買回來的去頭龍蝦，試做了一道我平日不會在家中弄的「椒鹽焗龍蝦」給你試嚐。美國的龍蝦，你一向都特別喜歡吃，通常吃這道菜都是在外面館子的，我怕自己弄得不好，浪費了昂貴的食材。想不到，這次弄的雖然不是生猛游水龍蝦，只是加上自製的調味料焗熟後，味道居然也不錯，只覺一口一口啖啖的蝦肉，肉質爽滑，崇修他們也覺得很味美，想你試吃後，定會覺得味道不錯，也會很喜歡而想再吃吧？可惜！……時不予你了！

晚上，神樓上我再供奉了一碗熱騰騰、剛煲好的湯圓雞蛋腐竹糖水送給你。一家吃過「元宵湯圓」後，象徵着新年節日的熱鬧氣氛已過去了，靜悄悄的一切又回歸平靜。

彬，告訴你，尹仔和善怡都訂了機票打算在復活節假期飛來這裏。善怡在學校放復活節假即直接飛來，早她爸爸一星期到，父女兩人來這裏只停留短暫時間，便各自回去了。璇璇也在哥哥走前一日來弟弟家中與眾人會面，便匆匆回德國了。她今次來美國一星期，目的也是想約同哥哥一起到春暉園見見你。因時間緊迫，不能在四月五日你生日那天來見你了，改在四月一日，那天剛好是星期日，崇修接璇璇機後，我們會直接來春暉園墓地拜祭你，想你一定會早早的在那裏等待着我們！

彬，這一段靜下來的日子，身體總感到渾身上下都不舒服，由頭至腳都覺得有不妥，思索多點頭便會覺得痛，看東西眼睛矇矓矓的視力也覺得差了，坐多了一會腰會覺得痛，行多了一段路腿像抽筋的舉步痠麻，稍做多一點事身體便覺得很疲累，一下子真的所有病都像一齊來，感覺到近日的身體狀況，真的一日不如一日了。

當然，年紀大了，身體機能退化，健康情況日益變壞，百病隨之而來，這是無可避免的事。除此之外，另一原因，或許，人真不能全無寄託、無目標的空閒着，像我現今一樣，閒着無聊，胡思亂想的事便多，而想的總是不開心的事，跟着便無病的想出病來。加上老人懶得運動，體能活動減少，身體健康自是日漸變差，隨之而來，真的百病叢生了。

曾有友人很疑惑的對我說，她不明白現今年代的人，為甚麼動輒會有甚麼產前、產後的抑鬱症、狂躁症……諸如此類的病症，她問我當年有了孩子時，可有這個問題？這個問題問得真有趣，我也不明有了孩子後為甚麼會抑鬱、會狂躁、會焦慮不安，我只記得有了孩子後，工夫一大堆，家務事每日做也做不完，怎有時間去抑鬱？真奇怪！

自小身體健康狀況也算不差，一向亦甚少病痛，婚後六年內連生了四個孩子，全都是自己一手照顧長大，每日忙前忙後的處理着永遠做不完的瑣碎家務事，可說「鐵人」一個，連正式休息的時間也嫌不足夠，哪有空閒時間給我抑鬱這、抑鬱那，這種無聊的事情，對我來說真太浪費了。

現今身體的變差，亦全不是想像出來，事實上以往真的過勞而透支了，現在年紀大，一旦放鬆舊患便全顯現出來。一向以來，我的病痛雖少，但從小患上的偏頭痛間中仍會時有發作，你也知我是有「選擇性的記憶」症。而腰腿之毛病則是年前「腰椎骨外突壓着腿部神經線」舊患引起，雖經手術治療，若太勞累仍會時感疼痛，不過我是一個比較承受得痛的人，通常輕微的疼痛，我不會告訴別人的，反正告訴別人，我的痛也不會因此減輕，何必！

反之，你輕微的痛楚，也往往會抵受不住，若是生病了，更會不停的向我訴苦，說這裏痛，那裏不舒服，往往像說出來後便會舒服一些，有時真願有病的人是我。

近日，我的「善忘」症狀日益加深，記憶力更差了，淺淺的字也經常執筆忘字的寫不出來；剛想要做的事，轉眼之間，便忘記得一乾二淨，記不到剛才想做甚麼；放下的東西，往往記不到放在那裏。彬，你說，這怎麼辦？體力衰退我尚可強加鍛煉，但記憶力的日漸消失，我可不知怎解決！

新春期間，我本不該說如此傷感、令人難過的說話，此刻我更不忌諱的誠意向上天祈求：「我不求長命百歲，但求上天賜我無疾而終，但願有一日，一覺在甜睡中便永不醒來，那多麼好！冥冥中，瀟瀟灑灑的到春暉園跟你重續『死生契闊』那未完之約，與你相聚，那才是我人生最好的結局、是上天給我最大的恩賜、是對我最好的祝福！」彬，希望我真有這份福氣！

就此擱筆，下次再聊吧。

淑珍

戊戌年二〇一八年三月二日 元宵節晚

新澤西州

第37封信：殺我馬者路旁人！

彬：

「殺我馬者路旁人」，這句話是你以前對我說的，當時我總覺得文縐縐的聽了也不明白是甚麼意思。明明馬是自己跑得力盡虛脱而死，怎會說馬的死卻是路旁人所殺，真莫名其妙，笨拙的我可百思不解了。

經你解釋，方知道句中出處。據說有兄弟四、五人，都是做官的，養了一匹駿馬，馬嚼子及轡繩都裝飾得黃金燦燦的漂亮耀目。每隔三數天便喜乘着馬匹在大街道上飛馳而過，一則炫耀他們出行時陣容的宏偉，其次炫耀他們的駿馬有日行千里的能耐。出行時路旁總是擠滿着看熱鬧的人，每當馬匹在路上奔跑經過，路旁的人便不斷齊聲喝采，兄弟各人更意興風發的驅馬不斷狂奔，最後，馬不堪長期勞累，體力透支虛脱而死。主人不知自責，反說：「殺我馬者路旁人」，認為若非路旁人喝采聲推動，他的馬便不致力盡而死。

這故事真發人深省，亦令人不勝惋惜，縱是千里之馬，若無伯樂之賞識，更不幸的如落在上述不懂愛惜馬的人手上，雖天賦千里異稟之才亦會徒給浪費，令人殊覺可惜！

考究馬死的原因，其一當是主人不懂得愛惜馬真正潛在之能，給予保留有用實力，只着重外表飾以一身華麗，外出張揚以示其能，徒博路旁人一時讚美，藉以炫耀本身闊綽；馬死後仍不知自我檢討，反責怪推説為路旁觀看者所害，其實本與路旁人無關，只是主人失當而已。

其次，我認為馬致死的主要原因，也正是你想告訴我説這句話的真正意思，是馬本身「好」表現，不諳韜光養晦的道理，喜歡聽到別人隨意的讚賞，不珍惜自己天賦實力，當聽到路人的喝彩聲，便興奮得胡亂奔跑，以期表現自己能力於人前，也不管自己體力及能力是否承擔得來，最後自是精力竭盡而死，令人惋惜。這個問題，這種論調，聯想起來頗像嚴耕望老師經常所説「小虧可吃，大虧不可吃」告誡自己的道理。

嚴先生夫婦與我們頗為相熟，更時有相聚往來，與你亦師亦友的無所不談，他曾經常向你提示的説：「小虧可以吃，大虧切不可吃。」這一句話，亦教人深思！何謂小虧？何謂大虧？實難以界定，亦沒有一個標準答案。你認為他這樣說，自有他自己親身感受，是體會中說出來的一番話，當然，你亦很清楚瞭解他說這番話的意思。

嚴先生是史學研究界極有成就的著名學者，自言自己得入台灣中央研究院史語所從事研究，全賴傅斯年先生當日的賞識與推薦，才有今天的成績，知遇厚愛之情，一直非常重視。你認為嚴老師對傅斯年先生「知遇之恩」，有如「千里馬得遇伯樂」的感恩銘記於心中，十分難得，也深感前輩思念恩遇「古道之風」猶存，值得年青人景仰。

嚴先生的處世為人，不僅治學嚴謹刻苦、澹泊自甘，生活極有規律，更是一位敦厚而隨和的長者。以我所知，嚴老師對金錢或與人相處，絕不會斤斤計較吃虧不吃虧這個問題，很多時學生請他寫推薦書或要求他幫忙的事，能做的他從不會推卻，唯獨請他應聘擔任校中行政事務，他定必執着的推辭。老師自言自己口才愚鈍，不善於辭令，並不是一位適合處理行政之人，往往便以這個理由來推卻邀請。

實是老師自謙之詞，他不是不能為，只是不想為而已，可說是深諳明哲保身之道，亦是明白「馬死路旁人」的道理。他對自己要求甚有原則，不願生活規律因此有所改變，除授課外，只是想專注學術研究而不願分神應付其他系務之事，認為一旦介入，定陸續的不能抽身離開，勢必令他日後的專心研究工作，難以持續，影響之深實難以估計，我想，他說「大虧不可吃」，就是這個道理。嚴先生對此堅持不接受的做法，確是高瞻遠矚，極具高度的智慧。

彬，你當學校行政系務多年，這一點影響之深，我想你比任何人都清楚，從你在中文大學新亞書院專任教職開始，一直是兼做新亞書院歷史系系主任的職位，二十多年從沒間斷的花時間處理着系中學生繁雜事務，這工作真仿若我專職做家庭主婦一樣，也是不斷循環的做着永遠做不完而像對自己毫無建設性的工作，花費不少時間，而付出的精力更是他人看不到的，所以，你除備課上堂外，學術論文自無時間顧及了。可惜，學校的升等級制度卻偏重於論文著作，這點正如嚴老師所說的你可吃「大虧」了。

逯耀東先生也曾多次勸喻你減少擔任繁瑣的系務工作，宜多轉重著述，私底下更要我多點提示你。你對他深摯的關懷、誠懇的提議，心中實是非常感動，也是明白箇中道理，無奈，處境之不同，背景亦異，感受不一，當不能事事率性而為，一時亦難以抽身，於是年復年、日復日的，日子就這樣的過了二十多年。

當初，你的心情確是非常矛盾，深知一旦長久做下去，勢必影響你的研究工作，對自己學術上的發展，自然無暇顧及。但後來你卻盡心盡力接受校中系務繁忙的工作，這一點，當然是有你自己的想法，我知道，你認為自己這樣做，是自己對母校應盡的一種責任。

我記得，你曾對我說，學校的人事是很複雜，中文大學新亞書院的三院合併，一無崇基書院有教會支持，更不若聯合書院有豐厚資金做後盾，靠的是新亞校歌所說辦學理念——新亞精神。所以，你覺得應該替母校好好做點事。中文大學三院合一後，新亞書院是處於勢孤力弱的環境中，「千斤擔子兩肩挑，困乏我多情」的意念驅使下，更應替母校系中學生謀取多些應得福利，這些都是系主任份內可以做的工作，憑着這個念頭、這股力量，系中繁瑣的事務使你樂意的繼續擔任下去。

彬，你真不愧是一位好老師，而且更是一位「仁」師，對學生的關懷都是盡心盡力，不但在學校教學時是這樣，退休後也常記掛於心中，從沒有放下。二〇一六年八月底，你重病入威爾斯親王醫院，黃乃正院長來醫院探望你的短暫時間中，仍見你念念不忘的向他説及，昔日新生入學的制度，學校處理得如何不當的種種陳年往事，憶掛之心，於此可見一斑。

鄭板橋所説的：「吃虧是福」説得也許是對，亦是實踐後得到的至理名言。由此看來，「大虧」、「小虧」真難以界定，純粹因人而異。不過，不要做「馬死路旁人」的馬，確是處世至理箴言，但又有幾許人真能做到？

彬，難得我一連串的記得那麼清楚，那麼詳細，你覺得我說得怎樣？想你一定認同而覺得我說得不錯吧。就此擱筆，下次再聊。

淑珍

戊戌年二〇一八年三月十六日

新澤西州

嚴耕望先生夫婦與我們頗為相熟，更時有相聚往來，與你亦師亦友的無所不談。

鄭板橋所說的「吃虧是福」說得也許是對，亦是實踐後得到的至理名言。

第38封信：觀書畫聯展彩色的夢

彬：

璐璐傳來一個消息，蔡瀾先生告訴她在三月二十七日至四月二日，一共七日，在中環榮寶齋內舉辦「蔡瀾蘇美璐書畫聯展」，她因遠在蘇格蘭沒有到場參與，故請我們代她通知在港親友，歡迎各位到場參觀。這次展出的作品，據說是蔡先生的六十幅書法及美璐的六十幅插畫。蔡先生年紀雖說比我還大兩歲，但處事幹勁活力十足的精神，卻毫不遜於年青人，真令我佩服。

本來我已託袁美芳代購一花籃送上會場祝賀，但後來卻收到蔡先生的電郵說「保護環境，謝絕花籃」，因而作罷，改而以電郵祝賀。也致電郵曾參與「鏞記」飯宴的諸位同學前往參觀。

昨晚睡得真不好，半夜二點鐘醒後再睡不着，眼光光的近五點鐘才朦朦朧朧的再入睡，剛入睡便做了一個很奇怪的夢，一個像很真實而又像時光倒流，更是一個莫名其妙的大夢——我和你竟然一同去聯展會場參加「蔡瀾蘇美璐書畫聯展」的開幕禮。

日有所思，夜有所夢，其實並不算奇怪的一件事，只是奇在做夢的時間，竟與香港「蔡瀾蘇美璐書畫聯展」開幕儀式同一時間，可算巧合得很。更難得我能夠很清楚的記得夢中一切細節：

夢中情境，猶歷歷在目，奇怪的我兩人同時出現的時空，兩人的樣貌竟像前後相差五十多年，我清楚的記得，當時我兩人是較蔡瀾先生更早到會場，環顧聯展會場四周，竟然一幅字畫都沒有掛出，牆上只是空白白的一片。

更清楚的記得，我當時是穿着結婚前那件你最喜歡我穿着的銀白色底蔚藍色蘭花的長旗袍，還是五十多年前的樣貌，你穿着的是多年前我送給你的一件法國牌子、橙色線條的白恤衫，不過精神卻表現得疲倦不堪，兩人同時的出現，時間卻像相距五十多年？

到達現場不久，你只走了一會，便很累的斜靠在大沙發上休息，直到蔡先生到，才由我很艱難的扶你起身向他祝賀，跟着我便突然醒了。看時鐘才是清晨六點鐘，只是睡了一個小時的時間，我便做了這樣長長的夢，真是「臨天光發大夢」。

人說「春夢了無痕」，是腦中停留的幻覺，夢境雖解釋不到，亦非全無痕跡可尋，究其原因：

其一，夢與你一同到聯展會場參與，當是最近日有所思、夜有所想而導致有夢亦是尋常的事，奇怪的只是做夢的時間時差上竟與香港是同一時間。

其二，夢中，我們兩人的衣着，事實上家中真的有這兩件衣服（我還記得，我送給你的那件恤衫的錶袋，位置安裝得低了，還經我重新修改過），重點是我們兩人為甚麼同一時間出現，年齡差距卻如此大，這得從心理上加以分析了。夢中你的精神狀況表現，我想應該是二〇一六年九月二日在香港西營盤，你參與美璐書畫展時，身體疲憊支持不住提早要求回家，那時留下的印象十分深刻，許是記憶中遺留下的潛意識，因而夢中也同樣出現當日依稀的情景，夢到那時身體虛弱的你。

至於，為甚麼我仍是停留在五十多年前的樣貌，這真是一個難以明瞭的心理現象，若真要我解釋的話，只可以說是一種心理抗拒的表現，我害怕身體健康日益變差，體力倒退至不能自主，潛意識中不願意接受自己未來感到害怕的事，因而希望自己能永遠停留在年輕不老的階段。這個論調自覺言之亦有理，不過想深一層，自己不願意接受現實中的自己，而冀望夢中幻想可成真，想想，也覺可悲！

很多人做夢夢境中的顏色多是黑白色，亦有選擇性的彩色，很少是全彩色。美璐做的夢，據她說是彩色的，連夢中的世界也添上色彩，真好！我做的夢都是黑白色，但這次的夢，我清清楚楚看到旗袍上銀白色的底色，編織着蔚藍色的花朵，及恤衫橙色的線條，發覺夢的顏色竟然轉變了，是有顏色的夢，真匪夷所思！可能環境變了，心情也變了，而現實的世界改變了，夢的色彩跟着也改變了，冀盼把多姿多彩的現實世界帶入夢的世界幻境中。

更奇怪的我們本是專心去看書畫聯展，而聯展牆上竟然一幅字畫也沒有掛上，這又怎解釋？我想，這倒是一件大好事，潛意識中或許認為今次聯展會出現「滿堂紅」（沽售後畫的下角加上紅圈）！牆上展出的所有字畫全部沽清。其實夢境解釋不了的事，只能自圓其說的不用深究。

夢中雖然一幅字畫我們也看不到，但今日袁美芳卻傳來十多張同學們熱熱鬧鬧一起到聯展現場參與開幕禮的照片，與蔡先生、聯展的字畫給我看。美芳要我把他們相聚的熱鬧情況告訴你，其實夢中我和你同一時間也在現場，看來不用告訴你，你也會見到他們。

彬，最後還有一個好消息告訴你，據說美璐的六十幅插畫，第一天展出已有人認購了三十幅，所以她高興的說，這次崇尹、璇璇、修仔……春暉園祭祀你之後，到悅滿樓享用「雙龍出海」的龍蝦晚飯大餐預她請客。

到四月一日那天，崇修一家、崇尹、善怡和我，一共七人浩浩蕩蕩的起程前往機場接璇璇機，之後，即一齊來「春暉園」見你，也特意在唐人街的利口福買了你最喜愛吃的脆皮乳豬，我想，你一定很期待的在等着我們吧。

就此擱筆，下次再聊吧。

淑珍

二〇一八年三月二十八日

新澤西州

第39封信：談設立中國語言及文學系獎學金事

彬：

三月底，我終於給新亞書院院長黃乃正教授寫了一封信，向他表達設立中文大學新亞書院「中國語言及文學系」二項永久捐助獎學金的意願。信函內容我在信中一併附上給你看：

黃院長尊鑒：

先夫蘇慶彬是一九五六年新亞桂林街文史系早期校友，畢業後旋即入讀新亞研究所，歷任新亞研究員，其後一直任教中文大學新亞書院歷史系，至一九九三年退休，迄今六十多年。

想先夫一生從事教育，自言從沒離開母校，更視母校如家，惟緬創校先師　錢賓四、唐君毅、張丕介、牟潤孫等諸師之教誨，及得母校恩澤殊深，每感無以為報。前年雖設有新亞書院歷史學系獎學金數名，以嘉獎成績優異歷史系之同學，惟對中文系優異之後學弟妹，並無些微捐獻，以資鼓勵，殊深抱歉，只愧身無餘資，無多回饋，並引以為憾！

本人何淑珍謹具美元拾柒萬五千元，（扣除美國波士頓中大捐助基金代支手續費5%）約得一百三十萬港元，擬設立永久獎學金基金兩項，微薄之捐款，悉數捐贈中文大學新亞書院「中國語言及文學系」：一項是每年頒予該系一年級新生入學成績優異同學一名（學費半費）。另一項是每年頒予系內各級成績優異之三位同學（兩項章程草稿，見本函末端），以圓先夫遺願，回饋母校培育之恩，嘉勉後進之意而已，故特函請，若蒙俯允，捐助資金，容後奉上，些微捐助，冀望集腋成裘，尚祈接納是幸！

猶記得，先夫在港入院治療期間，多蒙　院長關懷備至，移駕威爾斯醫院探望，俟先夫辭世後，追思會中更得多番協助，厚待之情，謹致以衷心感謝！專此，並頌

時祺

蘇何淑珍敬啟

二〇一八年三月二十六日

為方便獎助學金委員會運作，獎學金之捐款金額及章則草稿將作分別處理，大意如下：

其一為以港幣五十五萬元，設立「香港中文大學新亞書院蘇慶彬、何淑珍伉儷中國語言及文學系入學獎學金」。獎學金頒予主修中國語言及文學入學成績優異之新亞書院一年級同學，並期望於二〇一九至二〇二〇學年開始頒發，每年設名額一名，領受人可獲學費半費之入學獎學金。

其二為以港幣七十五萬元，設立「香港中文大學新亞書院蘇慶彬、何淑珍伉儷中國語言及文學系獎學金」。獎學金頒予新亞書院主修中國語言及文學之同學，由二年級開始頒予每級（即二、三、四各級）學年積點最高、成績最優異的三位同學。本獎學金期望自二〇一九至二〇二〇學年開始頒發，每年設名額三名，每名可獲獎學金港幣一萬元。

彬，你覺得我這樣分配及安排怎麼樣？其實捐贈的資金並不算多，不過我確已盡了力，希望拋磚引玉，集腋成裘，能起上一點作用！一直以來，新亞書院的獎學金，據學院報導及以我所知，數目比其他成員書院都要少，助學金更是寥寥可數。望此微薄獎學金捐助能增加書院獎助學金的數量，以幫助貧苦卻積極學習的莘莘學子。

我今次設立每年以孳息收益支付的二項永久性獎學金基金，獎金雖不多，着重卻在嘉獎品學兼優的同學，提高他們對學習的信心，並給予他們以精神上的鼓勵！我想，這是一項非常有意義的事，同學也不應以所領受金額的大小來衡量。呼籲各方有意玉成此事的人士，能踴躍捐贈，不論捐助多少，當有聚沙成塔之效。

彬，本來我打算在四月五日你生日那天，便叫崇修把捐助款項存入美國的香港中文大學基金會，轉送新亞書院，希望設立的基金能早一點收取更多利息，同時也算補送你一份遲來而開心的生日禮物。

後來得知，特區政府財政預算案建議撥款二十五億元，為十間專上教育院校提供配對補助。此項建議倘獲通過，今年七月開始，書院所得之捐款即有望納入配對補助計劃之中，而我們的捐款將因此而大大增加其效用。所以我已通知明釗，請他轉知新亞，我會改變計劃，待崇修澳州旅遊回美國後，才代我寄出捐款支票。

回想二〇一五年，你未能設立中文系的永久獎學金基金，為此而感到遺憾，現在雖然遲了三年，卻終能達成你的願望。其實，設立新亞書院中文系獎學金基金也是我回饋新亞、夢寐以求的宿願，為了它的未圓，我一直耿耿於懷。箇中情由，讓我在〈股票與獎學金〉的下一封信中再詳細告訴你。

彬，今日是你的生辰，在此遙祝你生日快樂！

就此擱筆，下次再聊吧。

淑珍

二〇一八年四月五日（戊戌年）

新澤西州

第40封信：談設立中文系獎學金與股票篇

彬：

在上一封信我曾提及設立新亞書院中文系永久獎學金基金，一直亦是令我常感覺得耿耿於懷、屢思回饋而未能完成的宿願。這事得從我入讀新亞夜校的時候開始說起：

入讀新亞夜校可以說是我人生中，一個極大轉變的階段，亦是改變我一生命運的開始。自小家中貧窮，由九歲開始方於斷斷續續、輾輾轉轉的環境下得讀了數年書，後來位元堂藥廠辦的義校，因缺乏捐助資金停辦，小學四年級便中斷上課，正感到無以為繼的時候，偶得知位於桂林街新亞書院學生籌辦的新亞夜校小學招生，於是我試往報名參加，幸而獲得取錄，就讀小學五年級，當時你就是我班的班主任，亦是教我們的國文老師。

新亞夜校的老師，其實都是日間就讀於新亞書院的大專學生或研究生，他們秉承老師們的辦學理念，利用晚上空置的校舍，只收取象徵式的學費，讓貧苦的孩子也有機會讀書。我適逢其會的能在「新亞夜校」上課，也在那時認識到你，也許是冥冥中讓我倆偶然的相遇，天意注定是我兩人今生「千年修來共枕眠」的緣份吧！

一直以來，我的數學科成績不錯，因此得到教數學科單增多老師的疼愛，鼓勵我、資助我，使我可以繼續升讀日校中學，至今我仍是很記掛的感謝她。亦因此我錯覺的認為數學科是我的強項。後來漸漸的我才感覺到，其實我是喜歡中國文學的。「它」動人的地方每每令我忘卻自己，投入文章中的喜怒哀樂世界裏，「它」的感情是多麼的能觸動我心，「它」的意境描述得是多麼令人回味，閱讀時處身其中簡直就是一種享受！我會想，如果將來我有機會繼續讀書進修的話，我一定會選讀中文學科的，可惜我沒有這個機會，亦沒有這種福份，所以，我對能讀中文系的同學，是由衷的羨慕。

奇怪的，我書雖讀得不多，但卻很有老師緣，從九歲讀漢中學校夜校那時開始，便得到校中的女老師特別喜歡。其後在位元堂藥廠辦的義校中，又得到班主任葉慼卿老師夫婦的疼愛而正式把我認作誼女。在新亞夜校的時候，更得到單增多老師的鼓勵及資助我繼續讀日校。

回說，我讀中學時，除數學科外，我的中文思考能力亦比一般的程度高，所以國文課文的內容我特別容易瞭解，文中意思也特別的容易投入。我記得，在「德貞女子中學」讀初中時，教國文科的雷仁初老師及馮永福老師常叫同學們參考我的習作，作為示範模式。

其後，轉大同中學讀高中一，亦得梁恩民老師讚賞，並鼓勵我申請到學校半費獎學金。甚至在高二、高三教我班國文科的江家修老師（我們稱他「江夫子」，「江夫子」是一位教書很嚴格而分數打得很緊的老一輩老師），亦因我中文成績有優異的表現，很得「江夫子」的愛惜，不自覺的在老師面前屢充同學的代言人。

以上說的種種，只是闡明我得老師緣的例子而已。尤其是教國文科的老師，他們都是對我特別關注的，這一點，我想，你當日對我亦有這種深刻的感受，而不會提出異議吧？

記得，結婚多年後，曾經向你追問過，因何當年你會喜歡上我這個小學生的時候，你答我的理由，簡單的竟是說在批改我當年作文的時候，覺得我對母親很好，是一個孝順的女兒，也在那時開始注意着我。湮遠的陳年舊事，竟然仍記得在心裏，可想而知此事對你有多麼的深刻感受。當然，你一向是一個對母親十分敬愛而極想回報的孝順兒子，心目中想找一個孝順女兒，日後亦可作為善待翁姑的好妻子，是你心中冀盼的一件事。但孝順的女兒想亦不難找尋吧，那怎會偏偏還上我？細想下，或許有一些主要原因連你自己亦不發覺吧？憑我的感覺，作以下的分析，看看我是否說對？

彬，你還記得嗎？那時你出的作文題目，圍繞着的都是「我的家庭」、「我的父親」、「我的母親」、「我的志願」……諸如此類的題目，一向坦率的我，寫文章都是慣性的依書直說，這些作文題目對我來說，都是很傷感的，我連父親的樣貌也不清楚，叫我怎麼寫我的父親？至於與我相依為命可憐的母親，我更難過的不知怎樣寫了！家是怎樣？我根本更弄不清楚！現在我也記不清楚當日是怎樣寫，或許寫的都是一些淒涼可憐兮兮的話吧？或許正是因為這樣，所以你才對我特別的加以關注。

其中我只記得有一篇是寫〈我的願望〉的作文題目，我把文中的自己比喻為一隻毫不起眼、在空中飄泊無依的風箏，若非可憐的母親執持着不放，「它」只能隨風亂飛，不知目標何在、身處何地，將無依無靠的，更不知飄落在何方……其意只是喻意自己的可憐身世，恍似空中風箏般的隨風飄泊，百般無助，借喻風箏處境，表示本身是一個無所依歸的孤女，哪敢對自己的將來寄予厚望，更談甚麼志願、我的願望……

在日常習作的文中，說及的只是一種自我感懷抒發情緒，常藉着書寫聊以寄意而已。事實上，自小孤苦，一向亦無同齡可傾訴的朋友，積壓心中傷感的心底話，往往在書寫裏不經不覺的便表達出來，諸如此類的感觸，往往更在文中書寫道出，不自覺地慢慢的更把你作為一個聆聽傾訴的對象。

想不到你看後竟真的如此上心，更在我楚楚可憐動人底下，漸漸的更由憐生愛，不知不覺間毫不嫌棄的暗中喜歡上我，而不知其所以然的愛上了我，竟連自己也不清楚實在的真正原因。

從你後來對我說的：「你是我一生中唯一令我心動的女孩子……」那些話，若是說能令你心動的話，那是給我坦率、至誠、懇切的文字感動了，因而動心了！由此可見，你確是一個感情很重的人。而另外一個喜歡上我的原因，當然就是你口中說的，意料我是一個對母親好的孝順女兒，日後一定能做迎合你回饋母親心意的孝順妻子。

由此可見，文學的感染力量確是很強大、有很深遠的影響，也可以說「它」造就了我倆日後的姻緣，更可以說除了我寫關於對母親好的原因外，冥冥中「它」亦是擔當了我倆這段情緣的真正「月老」！

我靜中會想，當年若無桂林街的新亞書院，亦不會有新亞夜校的存在，則更不會有你我兩人的偶遇相逢。我倆的緣份，正確的說，是從當年新亞夜校我寫的作文文章開始，是「它」感動了你！才得以撮合我倆的姻緣。我雖無緣修讀文學系，在私心裏也極想成就多些就讀中文系、文學系人才，亦作回饋單增多老師當日資助我的恩情！藉着設立獎學金，回報她一點心意而已。

彬，你是知道的，我的性格很固執，從哪裏跌倒，我一定會從哪裏爬起來！你也知道，我一向沒有外出工作，沒有賺錢能力，那大筆的捐款，我應該怎樣籌措？金錢是不會自動的走到我面前，它亦不會平白無故的送給我，那怎麼辦？

這一點，我很清楚的知道自己能力可以做得到的，我認為可以幫助我繼續完成這個任務，能賺取那大筆的資金，只有寄望下一次股票市場上的牛市重臨，股票的股價能回復上升，我持有的股票股價繼續上漲，替我賺取回來。

去年的香港恒生指數，經過一段長時間的整固後，終於冉冉的再向上升，各類股票雖沒有全部上揚，但我手持的「兗州煤」竟幸運的節節攀升了，我把漲價了的「兗州煤」全部沽出，一部份改買入「中國鋁業」以留作日後我繳交保險費之用，另外多賺取的一筆款項，悉數的捐予新亞書院中文系，設立了中文系新生入學及頒發主修中文系成績優異學生的二項獎學金。

這二項的獎學金，金額雖仍是不如理想，但我不敢再僵持的在股票市場上繼續等待下去，在現今恒生指數動輒數百點的急劇上落、變化莫測的市道裏，免得夜長夢多，還是保守的好一點，不要太貪婪，也得計算一下了，不論款項捐贈的多少。我已是盡力了，終於讓我完成這個使命，也算還了我倆的一樁心願！

就此擱筆，下一次再聊吧。

淑珍

二〇一八年五月十一日

新澤西州

結婚多年後曾追問過你，為何會喜歡我這個小學生？你的理由竟是批改我當年的作文〈我的母親〉，覺得我對母親很好，是一個孝順的女兒，從此開始注意着我。湮遠的陳年舊事，竟仍記在心裏，可想而知此事對你有多麼深刻的感受。

第41封信：近況數則

彬：

你好嗎？這兩個星期我都沒有寫信給你了，你一定很記掛着我吧！現在，我把家中最近發生的事情，分段的一一告訴你：

新書——《寒窗雜感》和《窗前小語》：

老公，首先我要告訴你一個意外的好消息，我寫的《寒窗雜感》及《窗前小語》的文稿，天地圖書竟然答應合二為一出版。

成書概況，得追溯至二〇一六年，你在威爾斯親王醫院治病期間，美璐轉給我天地圖書編輯吳惠芬小姐的一封電郵，據說她看完我寫的《珍收百味集》後，心中覺得很是感動，並過譽的稱為一本好書。後來我卻因心情不好而一直忘記了覆信向她致謝，想來實屬沒有禮貌！

最近，重新翻看舊郵件後，即覆信給她，以表致歉，更向她致以深深的感謝！想不到她在最近書展百忙中也即時覆回一封長長的信給我，真摯誠懇的態度，真令我感動！她是一位性格坦率、快人快語而肯幫助別人的人，或許這點我與她性格頗為相近吧，很快的我們就成為無所不談的忘年朋友了。

後來她得知我寫了多篇的文稿，要我傳一部份給她看，當她看過全部篇章目錄，及數篇文稿內容後，覺得十分感動，希望我日後可以結集成書，並答允義務的替我校正整理，及極力的向「天地」引薦出版，幸蒙「天地」不以見嫌的允許了。

彬，說實在的話，我寫這些書信形式的文稿，初意只屬自我情緒的感情抒發，其後更藉此向你略說我的生活近況而已，其實並沒有要出書的念頭，所以，寫得是非常隨意，更沒有特別注意文中的修辭，現今一旦要出書發行，便得把舊稿重新翻看，更正一下文句的修飾和字例的統一問題了。

所以，這陣子我一直的忙於重新整理已寫好的舊稿件，點算之下已寫好的稿件約有六十多篇，也超過十五萬字了。我預算在六月中，在回香港之前，不客氣的把文稿全部傳送給吳惠芬小姐，好待她有空的時候，提早替我校對及整理。

「天地」本是預算在今年九月出版，因希望美璐能夠在書中替我加畫插圖，據他們説我撰文、她插圖是我母女兩人合作出版書籍的特色。也是「天地」書中有圖的風格。

因美璐剛完成她在天地圖書出版的一本《童心同戲》兒童畫冊，書中的一百多幅插圖，事實上真的花了她不少時間，這段日子，她長時間的在 iPad 機前作畫，最近眼睛感覺不大舒適而需要休息一段時間，所以《窗前小語》因此延後的改在明年春天才出版。

「龍捲風」：

彬，上星期二突然而來的龍捲風，可有令到你大吃一驚？我可從來沒有見過這麼猛烈的颶風，想你一定也沒有見過吧？真的很恐怖啊！

記得，那天天色一直非常晴朗，陽光特別猛烈的燦爛奪目，平日我會在早上或近黃昏太陽沒有那麼耀眼的時間，才會到園中走動，那天因陽光真的太刺眼了，正待着黃昏時陽光稍轉弱才到「衣冠塚」旁見你，可是，到了下午四時左右，奇怪的，天色一下子轉變為昏暗不見天日漆黑黑的晚上。

只聽到窗外強烈颶風的怒吼聲、樹葉急促「沙沙」的搖擺聲，前後不到十分鐘的時間，竟然可以發生這種意料不到的事、這種恐怖的事情——「衣冠塚」旁不知種了多少年的一棵大樹，竟然連根拔起倒下來了，剛巧倒在你「衣冠塚」的後面，把附近一帶的小樹也一起壓壞，幸而「衣冠塚」尚能完整無缺的保持着、沒有給大樹壓中，不過，我想你一定受到驚嚇了！

我在想，那天天氣若不是轉變得那麼快，那個時候或許正好是我到園中走動見你的時候，若剛巧遇到這個突然而來「龍捲風」的情況，連多年盤根的大樹也連根拔起倒下，我自然也會走避不及的，給大風不知吹到哪裏去，或許提早的可以到「春暉園」陪伴你了！正是禍福皆早定，半點不由人。

現在，後園中滿目瘡痍，堆積如山的樹枝散亂的放在草地上，倒下的大樹幹仍是懸空的斜掛着，整個後園亂七八糟的正等待着清除大樹的工作人員來處理。天有不測的風雲，這次卻害得修仔無端端的破一筆大財了，得花數千美元請人清除園中破壞了的樹木。

縱使清除了阻礙的大樹後，「衣冠塚」的周圍，空空的一片，無復原來美麗的景色了。沒有了旁邊種植了多年的兩棵大樹，亦沒有附近替你遮擋陽光、搖曳生姿、葉子七彩繽紛的小樹，你

龍捲風把「衣冠塚」旁不知種了多少年的一棵大樹，竟連根拔起倒下來了，剛巧倒在你「衣冠塚」的後面，把附近一帶的小樹也一起壓壞了，幸而「衣冠塚」尚能完整無缺的保持着、沒有給大樹壓中，不過，我想你一定受到驚嚇了！

一時也許會很不習慣，不過，無論外面環境改變得怎樣，我仍是會和以前一樣，每日不變的走到你跟前，和你說說話，你永遠是不愁寂寞的！

「母親節的禮物」：

彬，母親節美璐寄給我的禮物，你猜猜看是甚麼？想你一定猜不着，還是讓我告訴你好了：她把《飛鴻踏雪泥——從香港淪陷到新亞書院的歲月》新書封面——你畫中的肖像，印在一個白色枕套的兩面，作禮物的寄給我。

彬，這個封面美璐畫得真不錯，是一幅你專注寫作時的畫像，不但樣貌酷似，連神氣也活靈活現的似到十足，她真的捕捉到你的樣貌及栩栩如生的神態了，我想，你看到一定會喜歡的。

還是貼心的女兒曉得母親心意，知道我記掛着你，特意把畫得酷似父親的肖像印在枕套上，作為送給母親的禮物，好讓它陪伴着我，也象徵着父親一直陪伴在母親身旁！我把「它」裝套好，變成一個攬枕的放在我們睡床旁邊，這樣你就可以夜夜的永遠陪伴着我了！謝謝她！

還是貼心的女兒曉得母親心意，知道我記掛着你，特意把畫得酷似父親的肖像印在枕套上，作為送給母親的禮物，好讓它陪伴着我，也象徵着父親一直陪伴在母親身旁。

袁美芳、吳火有、黃百連三位同學，親到「春暉園」墓地拜祀老師。

「回香港」：

彬：我終於訂購到來回香港的機票了，崇修特意的把去香港的那一程，替我轉換成商務客位，想我回港航程中坐得舒適些，也作送給我的母親節禮物。袁美芳和吳火有夫婦很有心的早早便訂了同一日的同班航機陪我一道回美國，修仔把我們幾人的坐位安排得坐在一起，長途飛行航程中可不愁寂寞了。

他們三人這次陪我回美國，除了親到「春暉園」墓地拜祀你之外，主要是代表新亞書院各位同學在園中老師「衣冠塚」旁植上他們早定名「新亞樹」的小楓樹，希望這一株小楓樹在老師陪伴下日漸長大，也代表同學們對老師的敬重和心意！

記得，二〇一六年十一月到香港參與你的追思會後，今次是我第二次單獨的一人回香港了。掐指一算，離開香港也超過二十個月了。雖然，我好像連根拔起的移民去美國，但我始終都是很記掛着、懷念着香港的一切，畢竟我在香港生活了大半世紀，像老樹盤根的到處仍保留着不少足跡，感情上更是揮之不去，加上我一向不易投入異地環境，這種心情，跟關雲長被困曹營時「身在曹營心在漢」的情況，我想也許是相同的吧。

今次很開心的我能夠停留在香港三個多月，仍是暫居於親家母將軍澳坑口蔚藍灣畔家裏，是我移民後歷次回港最長時間的一次，這得多謝親家母貼心的在這段時間轉去美國替我照顧圓元他們，我才可以無牽無掛的留在香港。今年我可以在香港過中秋節了。

記得二〇一二年的中秋節，那天，四嫂請我倆在她家中過節，一大群人圍着在她家裏吃晚飯，情況多熱鬧！那年是我們移民後的第一次回香港，當時我們兩人身體健康仍未轉差，回香港兩個月，是最長的一次，也是回港最開心的一次。算來已是六年前的事了。

今次回香港要辦的幾件事，我不記得在哪一封信曾經告訴過你了，現在不厭其煩的摘要向你再說一遍吧：

一、要換領十年到期的香港特區護照，可以的話，把新要轉換的香港新身份證也一起辦理。我說過香港所有的身份證件，不管將來是否有用，我一定也會繼續保持——香港人的身份，我一定會永遠保留着的。

二、你的新書《飛鴻踏雪泥——從香港淪陷到新亞書院的歲月》，我回港的時候中華書局應該已出版了，內容是你走後我一字一字的和着淚水替你抄寫連結起來，本擬留着做紀念，今竟然可以成書，真的替你高興，我想你亦意料不到吧。今次我適逢其時的在香港，贈書方面看看我能否可以幫忙。

袁美芳、吳火有、黃百連三位同學，千里迢迢專誠的從香港來美國，到老師墓前拜祀。

他們三人這次陪我回美國，主要是代表新亞書院各位同學，在老師園中的「衣冠塚」旁，植上一株早命名「新亞樹」的小楓樹。

希望這一株命名「新亞樹」的小楓樹，在老師陪伴下日漸長大，也代表着同學們對老師敬重和思念的心意！

2012 年我倆去台中探訪李廣健之後，距今也有六年了。今次大群人的到訪，情況熱熱鬧鬧的，我想，廣健夫婦一定很高興。

據說美璐由天地圖書出版的《童心同戲》在七月份準備參加香港新書的聯展，她是繼《往食只能回味》，第二本自撰自畫的圖書，是說及她兒時種種遊戲的一本兒童圖畫書冊。我在香港停留的那段時間，七月時開的書展，我也可到現場觀看了。

三、我這次在香港期間，袁美芳等同學，打算組團陪我一道前往台灣，主要探訪李廣健。想起上一次二〇一二年我倆去台中探訪李廣健之後，距今也有六年的時間了，廣健搬遷以愛學校宿舍後，也曾多次邀請我們到台灣探訪他搬遷的新家，遺憾的你因病一次也去不成！今次一大群人的到訪，情況熱熱鬧鬧的，我想，廣健夫婦一定很高興。

四、在恒生銀行的存款，我回香港時要把累積的款項提出，除了停居香港的三個月生活使費外，餘下的會兑換成美元帶回美國。其實存款的來源部分除了是《珍收百味集》的版税外，主要的是美璐每星期替蔡瀾先生畫插圖的收費，按月存入銀行給我倆作生活費，數十年來她都是這樣的從不間斷，所以美璐在香港替蔡先生畫的插圖，收入都是送給父母作生活費用，而她自己在香港並無入息的，這是兒女對父母的心意，我們對兒女回饋心意，從來都是很樂意接受而不會推辭的。

很難得的今次回香港有那麼長的時間，超過三個多月的時間，我得好好的把握這個難得的機會，再到我倆曾經在香港居住過的每一個地方，去懷緬、去思念、去追尋那已經消逝了的時光歲月。

我在想，今次回美國之後，不知何時何日才有機會重返香港？也不知能否再有機會？畢竟一個年近八十歲高齡的老人，身體狀況真的一天不如一天，甚麼事也由不得自己做主了，唉！做一日和尚敲一日鐘底下，年老的我，真的今天不知明天事，說不定這次已是我到香港的最後一次了！

惆悵得很！就此擱筆，下次再聊吧。

彬，下一次的一封信亦可能是我寫給你的最後一封信了！

淑珍

二〇一八年五月二十七日

新澤西州

第42封信：最後的一封信

彬：

我的腦退化症狀真的越來越嚴重，記憶力真的越來越差了，頭痛得也越來越頻密，這是我最擔心的一件事。嚴重的、心想做的事情或剛放下的東西，往往一分心，轉眼之間便忘記得一乾二淨，連自己原來想做的是甚麼？東西放在哪裏？一點兒也全不記得。最糟糕的若是提早一點告訴我的事情，往往過二、三天後我一點印象也會沒有，像空白的一片，真恐怖啊！怎麼辦？

自從去年復活節在後園中我親手替你設立「衣冠塚」後，一年有多的時間也寫下五十多封《窗前小語》的長信給你，其實，寫信給你的目的除了想告訴你我的生活近況及抒發心中鬱結情緒外，也是想藉此多鍛煉腦袋的思維能力，希望多鍛煉刺激之下，能夠減慢腦退化的速度而已。

不過，看來這個方法並不見得真的有效，若真有效用的話，那怎會有經常用腦思考的先賢、學者——例如「光纖之父」高錕先生腦退化發病的後期，竟然連自己親自發明的「光纖」也不知是甚麼？想來真的令人難過、惆悵！

彬，我在上一封信〈近況數則〉的末句告訴過你，我這一封信，可能是寫給你的最後一封信了，首先，我得向你鄭重的道歉一聲，請原諒我的不守信諾！我記得，我曾對你説過你走後，我會把我所見、所聞、所思、所想、所感及日常生活的狀況不斷的寫信告訴你，給你知道我內心世界的感受、日常生活過得是怎樣，但現在發覺我可能做不到了！

問題就在我「執筆忘字」的程度加深了，以前我在寫《珍收百味集》時，偶然也會有這種情況發生，但有你在我身旁，像有一本「活字典」在身邊陪伴着，稍一不記得，便得到你的提示，故全不覺得我會有這個毛病。

相對的，就我現在而言，心中雖有千言萬語想向你說，但執起筆書寫時卻總覺得字字很艱難的經常思索不到怎樣寫，下筆有如千斤重的寫不出，問題自然就出來了。我清楚的感覺到，我認識的字已慢慢的從我腦中游走了，以前很熟悉的人名、數字、地方……亦都像慢慢的淡出了，所有的記憶都像糊糊塗塗的捉拿不穩，事情像渾然的混在一起。若着意的去思索，頭又開始感覺疼痛，沒辦法，我只得放棄不想了！

雖然現在我仍然能夠很清楚的把我這種感受說給你知道，但在這個情況底下，我不知道再能支持到多少日子，不知在甚麼時候，我會把所有事情真的忘記得一乾二淨，有朝一日甚至連自己是誰也不知道。如此等待，真是一件可悲的事！或許到那個時候，三千煩惱絲也可解脫了，甚麼也不用想，但兒女又會怎樣？

唉！身體機能衰退，反正也是無藥可救的腦退化毛病，看醫生也屬多餘的事，說出來別人亦幫不到我，提早擔憂更是毫無作用，不說也罷！目前我可以做的，只能選擇把重要需要記住的事，都用紙筆記錄起來以作自我提示，我想，還是這個方法最有效、最實用，或許「它」可幫我度過這段剩下來的日子，把殘餘的記憶能力，希望可以延長維持多一段時間。

老公，以上我說的這些話，可能惹來你傷感，及替我憂慮，我更知道，你一定會體諒我以後不寫信給你的原因。餘下的日子，雖然我沒有正式寫信給你，但我可以肯定的告訴你，只要我一日仍有思想、一日可以行走，天氣好的日子裏，我一定會繼續到後園的「衣冠塚」前把我心中所思、所想及生活的近況，向你細細傾訴，這樣我就可減少「執筆忘字」的問題，不致信寫得越來越慢，而你一樣可清楚知道我的生活情況了。

其實，這年多以來，寫下給你的多封書信，亦可聊作日後寫給你的書信，想我在美國的生活已了無新意、死水一潭的不說也罷，其他年中的每個節日……在各舊信中屢屢已涉及，我相信就是日後繼續寫信，不外都是寫這些，所以，你若是感覺寂寞，可重看我寫給你的舊信，就仿若我現在不斷的重看你在英國休假時寫給我的書信情形一樣。你一向喜歡翻看舊信，亦有收集書信的習慣，想像中你一定會這樣的，是嗎？

彬，范家偉告訴我，你的補充本《飛鴻踏雪泥——從香港淪陷到新亞書院的歲月》一書，「中華書局」已出版了，家偉說：「書印刷得很精緻，希望能告慰老師在天之靈。」為完成這書，也真辛苦他了。想你知道了一定很高興！我們回購了的一部份新書已悉數送到家偉的辦公室，我這次回港，正好與他們商量新書送贈友人及善後處理的適當方法，太多的書籍也不便長遠的阻礙放在家偉辦公室裏。

彬，想你一定希望知道，當我寫完這封信之後，我會計劃寫些甚麼？告訴你吧，在我最後仍可書寫的日子裏，我預算這次從香港回美國後，會繼續替你完成一件你以前想做而最後沒有完成的事情——就是你留下擬給美璐畫插圖的「香港戰前的街檔與行販——各業的式微與發展」的每一篇簡單敘述初稿，我想把你寫的簡單初稿，根據你的原意，着意的替你加以詳細敘述說明。

記得，我在寫《珍收百味集》的時候，當我傳送文稿給美璐，很快的美璐便畫回插圖給我的時候，你曾酸溜溜的説女兒偏心母親，母親的事她那麼在意，你早前傳給她的稿件卻全不理會。當然你只是口中説説而已，其實你比她更着意，更希望美璐能快速替我完成此書的插圖，想及妻子與女兒兩人的合作，也是一件極為難得而有意義的事。

你遺留下給美璐的手寫稿件説：「這是香港尚未進入最新現代化之前的香港史的一個階段，描寫香港當時部份市民的生活狀況。以下是簡單的敘述草稿，以便給你繪畫之用，若有興趣畫此書時，才認真敘述説明。」

可惜，現在女兒即使有興趣給你繪畫插圖，你亦不能給她認真的敘述説明了，也是一樁憾事！有一個善於繪畫的女兒多難得，你心中自然是很高興，當然希望父女兩人能合作完成此極有意義的圖文書以作留念，她當時沒有回應你，亦難怪你真有些失落，而覺得女兒有點偏心母親。

事實上，你給她的初稿，文字寫得真的太簡單，稿件中説及的各行業，幸虧我與你是同一個時代目擊的人，否則相信並不容易看得明白。稿子裏更添加上簡單的圖片輔助説明，圖片畫得雖然很簡陋，不過卻非常的有動感，看來你真的花了不少心思去構想。這些稿件全部是描寫香港戰後街頭小販的各類行業，完成的已有七十七篇，而你説有一些尚在思考中。

我想就趁我現時仍有少許殘餘的記憶能力底下，看看能否按照你原稿中的意思依圖解說的在文字上加以詳細述明，冀望留下的稿子，或許，有一天機緣巧合下，美璐日後有興趣替你此稿繪畫作插圖、更有出版社出版的話。那時，真能完成你冀盼父女兩入合作的宿願，亦是一大佳話。

無論如何，將來你們能否完成合作的那一天，我都希望能夠繼《飛鴻踏雪泥——從香港淪陷到新亞書院的歲月》一書之後，可以代你繼續完成的另外一件事，更希望我會寫得迎合你原來想寫的心意吧。

彬，以我現在書寫速度來看，近八十篇的文稿，也需要一段頗長的時間，才能全部完成，真希望我能支持到完成的那一天，也是我可以幫你做的最後一件事！你得保祐、保佑我了！

以後的事，我會在你「衣冠塚」前逐一、逐一的告訴你，所有的事你一定仍會很清楚，也會知道的。

祝你好！就此擱筆！

永遠懷念着你的妻子 淑珍

二〇一八年六月五日

新澤西州

序言

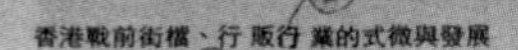

香港戰前街檔、行販行業的式微與發展

香港在日軍侵佔淪陷時，人口不過七、八十萬，是現在十分之一。除部分新建築最新的高樓大廈外，普遍樓高只有三、四層。街上除了一些繁盛商業地區，車輛和行人還是稀少的。所以街頭巷尾，處處都有檔口和流動小販行業。許多市民都仰賴維生，養活全家。這是香港當時呈現的狀況。

在今天進入太空時代，昔日空中所見的是螺旋槳的飛機，還盛傳月亮有吳剛伐樹、嫦娥奔月故事，今天人類已經登陸月球，太空人經常在太空漫遊。而香港各行業的小販，若非有高速發展，則絕大多數已式微、成為陳蹟。例如：在街邊掛著用紅色紙寫著：「有房出租」、「店舖轉讓」、「招請女傭」字樣的街頭經紀，只賺取一些「鞋金」（即佣金）。現今這些行業己經變成大規模的地產公司，甚至成為上市大企業了。在街邊一角，坐着專替婦女捲面毛、梳頭的，而今一變為時尚的美容院、化妝公司了。昔日單獨一人、或三、五成群聚在一起的「咕哩」（苦力）等待招請作搬家或運貨的顧客。現在蛻變為大規模點運輸公司的物流業了。以前擺字花的檔口，今天成了政府合法「六合彩」賭博公司，獎金動輒千萬元。又在街邊出租連續環圖小說的（許多內容，如：千里眼，今日可以在手機面對談話；順風現今可在天涯海角，任何地方可以通電話；連環圖中的放飛劍，而今的地對空飛彈現今一一實現）。那些租連環圖公仔書的檔口，都變成圖書館了。

今天許多街頭小販，未能蛻變為現代化的大企業，只有沒落而為陳跡。縱使苟存，已是鳳毛麟角。

回顧，昔日街頭的小販各行業。不僅可見香港數十年來演變，亦可覩香港人從前很大部分生活狀況的一斑了。

這次從香港回美國後，會繼續替你完成一件你以前想做而最後沒有完成的事情——就是你留下擬給美璐畫插圖的「香港戰前的街檔與行販——各業的式微與發展」的每一篇簡單敘述初稿，我想把你寫的簡單初稿，根據你的原意，着意的替你加以詳細敘述説明。

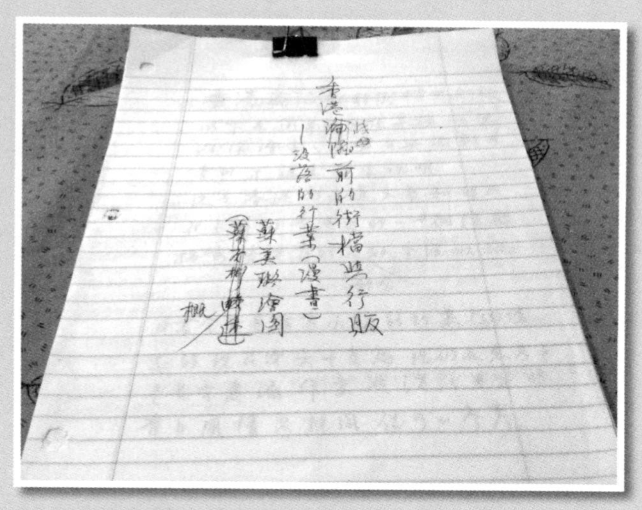

有一個善於繪畫的女兒多難得，你心中自然是很高興，當然希望父女兩人能合作完成此極有意義的圖文書以作留念。

附錄（一）：談夫妻相處之道

回顧很多新婚夫婦結婚時在證婚人面前「許願」的說愛對方，說甚麼禍福與共、貧病不棄、生死相依等許諾，但當相處時間長了，新婚時的熱情日漸減退了，而遇到上述的問題時，是否真如許諾一樣，就不得而知了！為甚麼有些老年夫婦結婚多年，仍然可以恩愛如昔，而有些夫妻，熱情剛過，問題一來則弄到水火不容，焦頭爛額的互不退讓而導致離婚收場，我想：這就關乎夫妻之間如何相處，及如何面對來解決問題了！

夫婦兩人從最初的相遇、相識，繼而生情，情到濃時，結婚是很自然的一件事，是「千年修來共枕眠」的緣份，但婚後能長久相處、恩愛不變，則絕不簡單，要知道兩個思想不同、性格有異或生活背景不一的人一起生活，自然是較以往單身一人複雜得多；兩人相處已覺不容易了，若再加上雙方家人諸多說話，相處更難了。在此情況下唯一可以說：「一對夫妻能維繫一輩子，恩愛如昔，相扶到老的關鍵，就是心中有愛！」

「愛」是無形的，是天性使然的，是埋藏在心裏的，透過愛才有情的表現，所謂情根心種；

「情」是讓人感受到的，行動上也可表達出來；「情」進而為「義」，盧國沾先生有一首歌詞，開首那幾句寫得真好：「情與義，值千金，刀山去，地獄去，有何憾，為知心犧牲有何憾……」既然情可轉而為義，義者宜也，正確的說，它告訴我們，何謂對，何謂錯，怎樣做才會合適，更一步步的帶領着我們去找尋愛的路——是「心中愛的路」，是有形的表現，由此我們可以知道正確的表現方法，及如何維繫夫妻相處之道了。

有人說夫妻最重要維繫方法是靈慾一致，這點我非常同意，有諸內而形於外，內外本是一體，是無可非議。也可以說，靠着愛去滿足生理上的需求，也靠着這種需求而完成傳宗接代人類的偉大使命。但是否只能靈慾一致，便永久保持心中的愛？那只是年輕時表面的看法，是不能持久的，要知道「慾」只是一時情緒激動而產生，激情過後，還是靠心靈裏的愛來持續，這種維繫方式才能長久，才可保持永遠不變！

所以夫妻倆雖在結婚多年後，仍應多為對方想想，想着自己結婚時原是多麼的愛對方，婚後，若仍舊遵循着原來「愛」的道路而行，不知不覺間愛自會加深了。如此一來，不斷充滿着愛的你，心中自然會為對方喜而喜、憂而憂、忘我的為對方付出、為對方設想，不計較的幫助他。兩人應該經常注意溝通，來解決婚後出現的各種分歧問題，更以愛屋及烏的平常心態去看待及愛護對方的家人；遇有困難時，若能互相支持而達到行動一致的話，這樣雙方除能融洽相處外，更可增進彼此感情，何樂而不為。

維繫夫妻感情除了上述之外，最重要的還有以下要注意的地方：對伴侶最重要的是保持誠信、尊重、互愛、互諒、互讓。婚姻最忌諱的是丈夫或妻子的不誠實、見異思遷、不忠心的背叛自己，若懷有異心，則是任何一對夫婦都不能容忍的事，所以夫婦結婚後第一件事，二人一定要坦誠相待，信守結婚時的承諾，夫婦兩人更可憑着真摯交心的互信，相處得更為融洽，而愛亦將會不斷加深，可以說誠信是夫妻間相處一輩子首要之道！

老實說，兩人能相處一輩子，事實真的不容易，相處生活時間日久，也不會永遠沒有問題，同時也因性格及處事不同，其間少不免會發生意見相左的情況，這時可怎麼辦？我看還是由心中充滿着的「愛」，來發揮作用，讓它化解這難以解決的問題吧！

看看愛字是怎麼寫？就是愛中藏有心，只要你心中對他存有愛，不想小事擴大，不忍心破壞你心中對他的愛時，你自會為他設想、對他包容、對他忍讓、無私的付出，哪怕自己受傷，也會為愛而忍、而讓，能做到如此，真的十分難能可貴！能做到如此，亦全靠一個「忍」字！

再看看這個「忍」字是怎麼寫，是用刀子刺在心上而滴出血的樣子，可想而知，忍是多麼困難！但你為了愛他，你會不惜一切的去為他，人們常說：「忍一時之氣，風平浪靜，退一步，海闊天空」，做人如此，夫妻相處之道更應是如此，所謂：「百忍成金」，又說：「小不忍則亂大謀」……想來是有很高深的哲理！

人是有良知的，不論男或女，都是有感情的，「愛」是雙方發自心底深處自然感應的，是心中靈性的觸覺慢慢積聚而來，是長久的，也是恒久的，所以你對他的種種幫助愛護，跟他的家人和睦相處，他是深深感受到的，是會衷心對你感激；至於你無私的奉獻、體貼的諒解、真摯的愛意，他怎會不刻骨銘心的感動而思回饋你，又怎會不誠信的與你相愛過一輩子呢！這才是夫妻相扶到老，相愛不渝，白髮齊眉相處和諧之道了。

寫於二〇一五年冬

新澤西州

附錄（二）：思念

「窗外細雪紛飛，寒冷的夜空，寂寂的晚上，只有孤燈斜照，更覺心境孤獨，無限淒涼，無眠的晚上，不禁思潮起伏，無從傾訴，舉筆難書！」

記得，二〇一六年的一月，新年剛過，這段時間，我正在趕寫着《珍收百味集》這一本由我撰寫、大女兒美璐插圖的新書。冬天新澤西州的天氣，經常像現在的下着融融如柳絮紛飛的雪花，風聲颯颯，寒風刺骨，室內雖有暖氣調節，半夜醒起來，亦往往不能再入睡。「更深人靜」的夜半就成為我寫文章的好時間。

我寫好每一段稿件後，便傳送給遠在英國的女兒，而她很快的便畫好初稿插圖傳回美國，一來一回的書稿傳送，也維持了大半年時間。在這大半年當中，也給在病中的丈夫帶來喜悅的期待，他期盼着看女兒為妻子撰寫的每一篇文章而傳來的插圖，漸漸地也養成他在這段時間先睹插圖為快的習慣。無可否認，妻子和女兒的通力合作撰寫，是極為難得的一件事，而書中大部份描述，亦可算他後半生的寫照，我想，他心中是很高興的！可說是至親家人送給他最後一份難得的禮物，亦是促使我在這短短時間內能完成《珍收百味集》一書的推動力！

一向以來，自以為自己感情是很理性，性格是很堅強，不容易動不動就觸景傷情，更不會隨便下淚。可能年紀大了，感情比較脆弱，稍有感觸，淚水便像決堤而下瀉，不能自制。記得，去年一月中，夜半，我在《珍收百味集》一書中，正寫至亡母逝世當日情境，坎坷一生的母親，徬徨無依的孤女時，五十多年往事，一幕一幕的重現眼前，猶歷歷在目，悲慟情懷，恍如當日，以致淚眼盈眶，幾寫不下去，很不容易，數日之後，才告完成此篇，但雙眼卻哭至紅腫，心情久久也不能平伏。以後真怕重提傷心事。

二〇一七年一月十五日，窗外仍是如常一般，白雪覆蓋着大地，寒風蕭瑟，一片淒涼。今天，是我和丈夫結婚五十四週年的紀念日子，是我五十多年來孤身一人過的第一個結婚紀念日，沒有丈夫陪伴的日子多不習慣！也多傷感！多難過！

回顧往日，每年的生日或任何紀念日，我們從沒有禮物互贈的舉動，更沒有送花那種浪漫情懷，好嗜食的丈夫，總愛在每一個紀念大日子裏，巧立名目出外找尋美食，大吃一餐，僅此而已。以往孩子在家時，這日會是全家出動，圍坐一齊，非常熱鬧，丈夫定此日為「家庭生日」紀念日子。其後兒女們在外讀書、結婚後都居住在國外，只剩我們兩人，我們也喜歡在這個紀念日出外走走，直至吃罷晚飯後才回家。多平淡而溫馨的日子，教人真懷念啊！

二〇一六年九月九日，這是一個噩夢的日子，身罹惡疾三年的丈夫，終支撐不住辭世了，離開了這個居住了八十五年、帶着滿腔懷念的世界；但願這真是一場噩夢，一覺睡醒，境況依然，這該多麼美好！

在講壇上，他毫不厭倦的講了數十年的課，人生下課鈴聲也終響了，現在他真的可下課了，向這個世界告別，可以不帶走一絲遺憾的走了，正如他自己說「上不愧於天，下不怍於地，此生可說問心無愧，而走亦無憾矣！」他的一生誠無憾，可以放下一切，瀟瀟灑灑的走了，卻放下數不清的思念予我，房中一角、廳中一角、書室中任何一個角落，處處有着他的影子，有着他的一切一切，所有情境仍像停留在家中每個角落。他的一舉一動，日常生活片段，無一不是夢牽魂繞烙在我腦海裏，存放在我思念中，哪能一朝淡忘？談何容易！

若果說，時間可以沖淡一切，時間久了便會重新適應，而甚麼事慢慢亦會忘記的話，我認為那些話都是騙人的，也是自我欺騙，根本沒有這回事！且看先母逝世已有五十多年，直到如今，我何嘗有一刻忘記。更何況是共同生活相伴了五十多年刻骨銘心的丈夫？他走後，家中一切仍如從前的保持着，我怕他回來沒有歸屬感，亦怕改變環境後他再不懂得回來。數月已過，因何仍不見他在夢中與我相見？許是怕我傷感，還是真的把我忘記？

夜闌更深，窗外仍飄着毛毛雪花，欲細訴，卻無人，心境孤獨，無處話淒涼，教人好不煩惱。又一個無眠的晚上，唉！何時到天明。

二〇一七年一月十五日

書於新澤西州，結婚紀念日的午夜

正六神無主之際，幸得舖內一位善心少年出手協助……

記得，去年一月中，夜半，我在《珍收百味集》一書中，正寫至亡母逝世當日情境，坎坷一生的母親，徬徨無依的孤女時，50 多年往事，一幕一幕的重現眼前，猶歷歷在目，悲慟情懷，恍如當日，以致淚眼盈眶，幾寫不下去……以後真怕重提傷心事。

附錄（三）：舊信

「風蕭蕭兮雪紛飛，斯人去兮不復還，如此斷腸寒窗下，孤燈斜照，教人怎不淚垂！」

窗外的雪下得更大了，蕭瑟的風聲不斷，厚厚盈尺的積雪，覆蓋着整個大地。又一個無眠的晚上！

面對着窗外大雪紛飛的夜景，沒有詩人詩中浪漫，更沒有畫家畫中情懷，雖在暖室中，窗外飄來的片片雪花，亦仿若刀刀刺於身上，令人渾身寒冷，心境只覺無限淒涼！

陰陽成阻隔，世事兩茫茫，歲月不饒人，往事只能成追憶！坐在丈夫慣坐的椅子上，面對着書桌上的一大堆舊書信，不禁思潮起伏，百感交集！這些陳年舊信，卻帶給我一絲絲暖意、無限的唏噓，與數不盡的懷念！

記得，丈夫在患病後期，曾提示過書櫃中有我寫給他的書信，當時我也不以為意，他走後，憶起此事，四處找尋下，果然在他書櫃中找尋到一大束在他一九七八年至一九七九年休假去英國的一年，及一九八五年我停留在英國陪伴美璐的半年，我寄給他的書信。年半的的信件，竟有七十多封，他把我這些信件完完整整的依着日期次序整齊排列，一封一封的保存着，他如此細心，對我如此着重，真令我感動！

我不停的責備着自己，也深怪自己的不是，深悔着他當年寄給我的信，怎不好好的也替他保存，自己怎能如此疏忽，真該死！很奇怪的是，那段時間，他寫給我的信，怎麼一封也找不到？真不明白，它們統統去了哪裏？沒理由它們全部會自動消失？

意外的！後來，我在他另一個書櫃中，也找到一大束他寄給我的信，全部也有八十多封，信封多是不完整的，信封上的郵票都給崇修拿走，亦有些只是保存着信件而沒有信封套着，一封封的依時間次序排列保存着，這時我才知道，原來所有他寫給我的信，也是統統的給他早已收集起來，難怪我到處遍尋不獲。我不知道他為甚麼這樣做，也不清楚他怎樣找尋到，我想他花的時間應也不少，亦不容易。我相信很少人會像他這樣細心，這樣有耐性。他對我如此珍惜，如此着重，這種深摯的感情，真的令我非常感動！也幸虧他這樣做，替我着意的保存着。這些信件，可說是他離開我後，送給我的一份畢生難忘又珍貴的大禮物！這是任何貴重物品也替代不到的。我想，他的用意亦是這樣吧。我會好好珍惜的！

近四十年的書信，年代久遠的往事，幾乎忘記了，我把這段時間，兩人互相往來的信件，一一排列整理，全部共有一百五十多封。重看之下，一幕幕的前塵往事，恍如昨日，歷歷在目的都湧現眼前。丈夫的來信，字型都是很工整，寫得很仔細，往往兩三張信紙都給他寫得密麻麻，寫的雖都是些閒話家常、異國之風情、思家之情懷、遊子之寂寞、女兒找學校、生活之點滴……卻盡是細緻的記敘。

當年雖不是少年夫婦，沒有少年夫妻的浪漫情懷，也是結婚後十六年的第一次長時間分離，兩人各處一方，互相牽掛，也是很不習慣，只能在薄薄的信紙上，互相寫下家裏的日常瑣事，傳遞給對方，細訴思念對方的情懷。丈夫說及，每日早餐時看到郵差從門前經過，都期待着郵差會送來妻子的來信，藉書信的傳遞，以慰解離家寂寞；而我亦在他的來信中，在他的細意叮嚀下，每每感受到無限溫馨，藉以釋懷！

現今，資訊科技高速發展，傳遞書信已不需郵寄，手寫的郵寄書信已漸為稀少，日後更可能絕跡，給即時傳送的電郵取代了。真可惜！時至今日，我仍認為電郵雖有快捷傳遞之方便，是世界的進步，本無可非議，但無論如何，看着對方熟悉文字書寫的信件，與摸不到、拿不着的電郵相比，感覺上是無可比擬，那種透過字裏行間的感情，是無法取代的，是有一種心靈感應！可憑着透過筆墨紙張感受到書寫者當時情緒，而產生共鳴迴響，若細心閱讀書寫的信件，更可說是一種精神上的享受！一種心靈上的慰藉！

記得，當時也曾為兩人的分隔兩地，弄得如此互相牽腸掛肚，而感到有些不值，今日反覺得幸有昔日的小別離，才能留下這些，值得珍惜，值得懷念的——舊書信，它把我深藏於心的長遠感受，細水長流的感情，重新牽動起來，藉此可稍作抒懷，睡不着，看着它——他寫的來信，一個字一個字的不停在我眼前跳躍着，像跟我細意的傾訴着！呵護的叮嚀！彷彿間只覺丈夫仍身處遠方，只是暫時仍未回來！

很感謝丈夫如此細心，如此有意的為我早作安排，也真難為他，提前為我設想得如此周到，信件給我細心的保存，它帶給我無窮思念，數不盡的回憶，它可以為我消愁，亦可以為我解憂。今後，當我每一次的反覆看着它們，亦可聊作為每一次短暫的離別，只是傷離別！再期以等待，是一種盼望，盼望着離別後重獲團聚的一份喜悅，直至永遠！永遠！永遠……

寫於二〇一七年二月十一日

情人節的雪夜

新澤西州

後記

《窗前小語》給丈夫的諸篇書信，本是丈夫辭世後，驟失所依，心中悲苦，無從傾訴，藉書信寄語丈夫，略以釋懷，稍作寄意而已，從無出書念頭。

今得以成書，有賴天地圖書編輯吳惠芬小姐向經理陳儉雯小姐引薦，又蒙總經理曾協泰先生不以見嫌，得以在天地圖書出版。其間又得龍俊榮先生及梁少彤小姐之協助文字整理，特此一併致謝！

另外，榮幸地得到蔡瀾先生為《窗前小語》的書名題字、又得女兒美璐為本書畫封面及內文插圖、兒子崇尹提供的部份照片，特表謝忱。

最後，感謝天地圖書玉成出版，編輯部各方面的加以協助，謹致以衷心感謝！